Eu, **Casanova**, confesso

COLEÇÃO PLACERE | VOL. 2

Flávio Braga
Eu, **Casanova**, confesso

CIP-Brasil. Catalogação-na-fonte
Sindicato Nacional dos Editores de Livros, RJ.

B793e Braga, Flávio, 1953-
       Eu, Casanova, confesso/Flávio Braga. – Rio de Janeiro:
BestSeller, 2008.
       . – (Placere)

       ISBN 978-85-7684-252-1

       1. Casanova, Giacomo, 1725-1798 – Ficção. 2. Sexo –
Ficção. 3. Ficção brasileira. I. Título.

08-1125   CDD – 869.93
                                           CDU – 821.134.3 (81)-3

Título original
EU, CASANOVA, CONFESSO
Copyright © 2006 Flávio Braga

Projeto gráfico de miolo e capa: Laboratório Secreto
Editoração eletrônica: DFL

Todos os direitos reservados. Proibida a reprodução,
no todo ou em parte, sem autorização prévia por escrito da editora,
sejam quais forem os meios empregados.

Direitos exclusivos de publicação em língua portuguesa para o Brasil
adquiridos pela
EDITORA BEST SELLER LTDA.
Rua Argentina, 171, parte, São Cristóvão
Rio de Janeiro, RJ — CEP 20921-380

Impresso no Brasil
ISBN 978-85-7684-252-1

Devemos as páginas seguintes ao abade C., clérigo indiscreto que viveu no século XVIII. Homem de vida dupla, o abade C. alimentava o costume, condenável, de reproduzir de memória o que seus fiéis haviam confiado a Deus, em confissão, por seu intermédio. Talvez alimentando veia literária não cultivada, seus escritos só oferecem maior interesse por haver sido confessor do moribundo Giaccomo Casanova. O mítico aventureiro e conquistador veneziano abriu o coração e recordou seus pecados, apostando, talvez, numa redenção além-túmulo.

* * *

Vivi como filósofo e morro como cristão, padre; o contrário talvez fosse mais simpático aos olhos de Deus, mas certamente seria menos racional, uma vez que a filosofia é mais de acordo com a vida, assim como a religião nos vale na hora da morte. Não se ofenda. Em nome do Senhor, sou cínico apenas aparentemente. Vivi para os sentidos da forma mais arrebatada que um homem poderia; fiz meu altar diante da carne das mulheres e tratei os homens como parceiros de jogo. Não consigo imaginar forma mais justa de distribuir a atenção entre os seres humanos. O respeito dos homens só pode ser conseguido quando fica claro que nossa habilidade com a sorte nos torna vencedores e as mulheres só consumam o ritual da entrega ao perceberem, pelo menos no plano da encenação, que estamos aos seus pés. Resta o além, a justiça divina, a sombra do pecado, a dúvida sobre o ajuste de contas após o fim do corpo. Fosse eu apenas um filósofo, ignoraria esse aspecto tão pouco claro, mas prefiro morrer como um cristão. E para provar que respeito a sabedoria divina, não deixo de notar que essa é uma estratégia de jogador. Se Ele de fato existe e me aguarda para o julgamento, de nada adianta eu esconder a tática. Morro cristão lançando a minha última ficha sobre a mesa: minha confissão e meu arrependimento. Sei que nessa partida todo blefe é tolo, uma vez que jogo com a Suprema Inteligência do universo, portanto confessarei apenas as passagens de minha vida em que realmente acho que pequei. Devo ainda ser honesto e admitir que foi Pascal quem me orientou em tal estratégia, em suas alegações para que se aceite o catolicismo. Eu, talvez, apenas tenha dado um banho de cinismo em suas palavras. Serão muitas horas de confissão, padre. Sei que o senhor não se entediará, temo apenas sua excitação de ouvinte e o correspondente pecado que venha a assumir. Nada poderei fazer quanto a isso. Ainda é importante deixar claro que a noção de pecado que utilizarei é a minha, a que indica meu coração, e não as ditadas pelos sete pecados capitais ou os dez mandamentos de Moisés. Desses últimos, alguns, em certas situações, considerarei erro indesculpável. Outros são irrelevantes. Apropriar-se da mulher do próximo quando este a abandona, cheia de desejos, para cobrir um nobre qualquer de lisonjas tolas não pode ser pecado. Ao contrário, trata-se de um ato de dignidade masculina. Bem, acho que está clara a minha intenção, padre. Não se dê, por favor, o trabalho de contestá-la; conheço seus possíveis argumentos tanto quanto o senhor, acredite. Sei que sua noção de humildade cristã esbarra em minha determinação de aventureiro, mas acredito que o senhor não se furtará em me dar uma chance. Consulte seu coração e até o próprio Deus, se julgar-se capaz. Aguardarei sua decisão.

* * *

Muito bem, padre, fico feliz que o senhor tenha se decidido por me ouvir. Como diz a parábola: mais necessita de pastor a ovelha desgarrada. Hoje, aqui em Aix, aguardando o momento de partir, trêmulo e vacilante, estou frágil diante de qualquer homem, mas fui valente, um homem superior entre meus contemporâneos. Atravessei a Europa várias vezes e visitei a cama de centenas de belas mulheres que se desmancharam em minhas mãos gemendo, apaixonadas. As mulheres respeitam muito mais os desejos do corpo do que os homens. Sabem quanto vale um orgasmo. A excitação provocada por uma língua descendo aos lugares certos não é indiferente a nenhuma mulher, e acredito mesmo que aquelas trancadas em celas nos conventos são as mais frágeis diante de tais prazeres. Escondem-se porque se percebem. Eu cedo tive a consciência de que as coisas se passam assim com as damas, e apenas fiz as suas vontades. Mas, para que algum de meus atos se enquadre em minha noção pessoal de pecado, é importante que ele venha embebido na maldade, essa consciência de que se está alterando algum movimento vital para sempre, na direção em que seu desejo indicar. Empurrar para a alcova mais próxima mulheres úmidas entre as pernas não constitui pecado, mas desfolhar pouco a pouco cada pétala de resistência de menina que ainda não percebeu o amor constitui transgressão. Sendo assim, talvez uma em cada dez das mulheres que freqüentaram meu corpo pode ter me levado ao pecado.

OS PRIMEIROS PECADOS

Ora, alguém da minha estirpe não passa a existir do nada, sem as condições propícias, que no meu caso foram Veneza e alguma ascendência nobre. Em meu tempo a cidade era conhecida como a noiva do Adriático. Casara-se com o mar com os votos do papa Alexandre III, alguns séculos antes de minha entrada em cena. Dizia-se que a cidade devia ser fiel ao mar assim como uma esposa ao seu marido. Era o contrário do que acontecia em Veneza, onde se fornicava alegremente, sendo casado ou não. Naqueles dias ou se era descendente de um nobre recente ou se vestia traje militar ou religioso. Meu avô, que agiu como anjo protetor até a sua morte, conseguiu, em 1741, que o patriarca de Veneza me concedesse os votos de iniciação para uma carreira de abade. Que melhor arranjo do que pertencer às hostes de Deus? Enverguei as vestes apropriadas e cobri o rosto com pomada ambarina misturada a perfume de jasmim. As damas suspiravam ao se aproximarem. Eu tinha 16 anos e já alcançava 1,80 metro. Tudo parecia apontar para um sereno futuro de aventuras e prazeres, quando fui levado a cometer o primeiro pecado, que foi o da ira contra o pároco. Ele teve a ousadia de lembrar-me que a carreira que eu escolhera, junto ao clero, devia fazer com que minha preocupação fosse agradar a Deus. Sugeriu que meu penteado elegante era homenagem ao demônio. Respondi que eu não era o único abade que se preocupava com a aparência, e ele não teve resposta. Agiu como um fanático vingativo e enquanto eu dormia aparou meu belo cabelo. Ao acordar fui tomado pelo horror e jurei vingança, mas o pecado da preguiça associado ao convite para realizar a pregação de Natal me fez esquecer o miserável sacerdote. Consegui um abade cabeleireiro que deu um jeito em meu penteado. Era preciso realizar um panegírico inesquecível para começar bem minha carreira. Acertei em cheio, pecando novamente. Juntei trechos de autores clássicos como Sêneca, Tertuliano e Boécio. Todos adoraram. Bem, todos não. Abades mais cultos identificaram alguns desses autores como hereges, mas passei despercebido para a maioria. O destino não se inclinou para que eu permanecesse no clero. Logo que convocado a pregar pela segunda vez, não me dei o trabalho de decorar trechos de pensadores novamente, e como havia exagerado no vinho no almoço que antecedeu à pregação, acabei metendo os pés pelas mãos e tudo caiu no ridículo de um silêncio constrangedor. Quando notei que as pessoas se impacientavam fingi um desmaio e foi o fim de minha carreira de abade.

PECADOS DA AMBIGÜIDADE

Apesar do escandaloso fracasso em que se constituiu o meu segundo sermão, fui protegido ainda por alguns anos, pois contava com a amizade do cardeal Acquaviva, que tinha consciência de que a Igreja era apenas um meio e não um fim. Ele simpatizava comigo e me mandou para Roma com cem onças de ouro. No caminho, parei em Ancona, numa ótima pousada, certo de que muitas aventuras me aguardavam. A Itália é muito mais permissiva que os demais Estados da Europa e bastava olhar em torno para notar isso. Fiz amizade com um espanhol que assistiu ao confronto que estabeleci com o estalajadeiro. Era quaresma e pedi carne. O homem teve a coragem de me lembrar da abstinência. Respondi-lhe que se estava trajado como um abade e pedia carne era porque estava autorizado a fazê-lo, afinal, de que serve todo o esforço para ser um servidor de Deus? Esse argumento não foi o suficiente para conter a impertinência do comerciante. Argumentei que a autorização me fora dada diretamente pelo Santo Padre. Pediu para vê-la. Informei que fora verbal. Insistiu que não poderia servir-me. Classifiquei-o de idiota entre outros insultos e a coisa só não degringolou completamente por conta do espanhol, que acabou meu amigo. Era provedor do Exército e me garantiu uma boa ceia. Após comer fartamente, perguntou-me se gostava de música, porque na pousada se encontrava uma família musical. Sem outra opção melhor, aceitei e fomos parar no quarto de Bellino. Eis um momento de minha vida em que cedi à ambigüidade, mas em nome do amor, é preciso que fique claro. Entramos no quarto da estalagem onde cinco pessoas se distribuíam de forma um pouco amontoada. Havia a mãe, uma senhora de maquilagem carregada que tentava manter seus ares de um passado melhor; dois filhos, Petrônio e Bellino; e duas filhas, Cecília e Marina. Todos eram muito femininos, os rapazes mais que as mulheres. Bellino estava vestido como prima-dona e o desejei imediatamente. Sua aparência era de uma bela mulher e adivinhei que se tratava de um castrado. Sentou-se ao clavicórdio e cantou maravilhosamente. Fui sendo tragado pela beleza de Bellino e, ajudado pelo vinho, estava apaixonado ao fim da audiência. Eu o queria. Embora minha prática até aquele momento não houvesse incluído os invertidos, senti que seria a primeira vez. Seu busto enorme e a suavidade das formas me faziam suspeitar de que se tratava de uma bela mulher se deixando passar por um cantor. Era vedado às mulheres o palco de muitas óperas da Europa. Aproximei-me da mãe, depois que a música cessou, e logo ouvi suas queixas de que estavam vivendo terríveis privações por conta de um empresário avaro e trapalhão. Ofereci cem guinéus para ajudar e ela beijou minhas mãos. Os filhos me cercaram agradecidos e acabei levando-os para o meu quarto depois que o espanhol se recolheu. Avancei sobre Bellino dizendo não crer que ele fosse homem, mas me contestou informando que fizera um teste para chegar a prima-dona. Tentei enfiar minha mão dentro de suas calças, para conferir a sua ausência de masculinidade, e fui rechaçado, sob argumento de que um clérigo como eu devia guardar respeito. O excesso de vinho deixara meus movimentos lentos e Bellino escapou do quarto levando suas irmãs. Fiquei com Petrônio, que aproveitou minha embriaguez para avançar sobre mim. Gritei que queria Bellino. Perguntei se eu não estava com a razão quanto a ser uma bela mulher. Petrônio cantarolou desfilando pela sala. Poderia facilitar minha vida com as irmãs se eu lhe satisfizesse. Arriou as calças e exibiu uma bunda bastante perfeita. Agarrei-o pelo pescoço e ele roçou suas nádegas em mim. Falei no seu ouvido que se ele não me dissesse a verdade eu o enforcaria. Sua mão me afagou os bagos e relaxei. Deitou-se entre minhas pernas, sempre dizendo que sua família inteira era para o meu prazer.

O preço do botão

Ao acordar na manhã seguinte, e com o peso que várias garrafas de vinho me faziam carregar, encontrei Petrônio nu, mergulhado em sono profundo. Incomodado por me haver feito pecar pela inversão, empurrei-o para fora da cama. Acordou com o tombo e gemeu, mas não reclamou. Juntou suas roupas espalhadas e saiu. Fiquei imaginando que fama o abade Casanova estava construindo na pousada. Os lindos olhos de Bellino me vieram à mente. Eu estava apaixonado. Eu o queria e estava convencido de que ele era uma mulher. Durante o desjejum encontrei o espanhol, que me olhou e apenas sorriu. Imaginei que todos sabiam de tudo. Subi para o meu quarto para me vestir e sair, quem sabe fugir de minha própria paixão. Ao entrar dei com Marina, a filha mais nova da matrona. Devia ter uns 14 anos, mas seu corpo era proporcional, e sua pele, suave. Olhou-me sem dizer nada, mas o que estava claro é que se entregaria por algum dinheiro. Perguntei se ela seria capaz de me dar um banho; respondeu que sim, sem falar. Ela se aligeirou em preparar a banheira. Despi-me e entrei na água morna. Suas mãozinhas subiam e desciam em minhas costas. Perguntei se Bellino era mulher. Ela respondeu que estava ali para ser minha, ser de um homem pela primeira vez. Não haviam colhido o botão que guardava entre as coxas. Sua mãe aconselhara que o oferecesse a um cavalheiro como eu. Insisti quanto a Bellino e ela respondeu que sem dúvida seu irmão era um rapaz. Pedi que se despisse e entrasse na banheira. Eu já estava ali, e quando sua perna entrou entre as minhas, sua pequena vagina ficou à altura do meu rosto. Usando os polegares, abri os pequenos lábios e os beijei como quem chupa uma ostra. Sua pele se cobriu de arrepio. Marina chorou sentando em meu colo. Eu queria estar penetrando as entranhas de Bellino. Aquilo era um pecado autêntico, do qual me penitencio, padre... Dei três dobrões a Marina, que saiu um pouco dolorida de meu quarto, mas muito feliz. A água da banheira, tingida de vermelho, parecia prova de um crime, mas foi apenas o início da vida amorosa da irmã de Bellino. Deitei e dormi algumas horas. Quando abri os olhos, surpreendi Petrônio me agarrando. Sentei-me na cama, furioso, disse-lhe que não era de minha prática dormir com invertidos. Se alguma coisa houvera, fora motivada pelo vinho. Ele sorriu e disse que poderia ir atrás de uma garrafa. Sorri com o gracejo do invertido e lhe disse que de mim já conseguira tudo o que seria possível. Ele perguntou se eu amaria Bellino mesmo que fosse um rapaz. Retruquei que sabia não ser o caso. Viu que não arrumaria nada e levantou as calças que abaixara. Avisou sobre um jantar naquela noite, na casa do espanhol Don Sancho. Eu seria o convidado de honra. Bellino cantaria para os convidados. Agradeci a comunicação do convite e o pus porta afora. Deveria me preparar para a noite, que prometia ser longa.

Família que ama unida...

Fui até o banqueiro trocar uma letra de câmbio, certo de que os gastos aumentariam com o passar das horas, e, depois de um café forte, retornei ao quarto. Fui surpreendido pela presença de Cecília sentada em minha cama. A outra irmã de Bellino era um tanto mais velha do que Marina, que há pouco eu tornara mulher. Era igualmente bem proporcionada e com o olhar cheio de intenções. Pediu perdão por estar em meu quarto; retruquei que estava acostumando com tais invasões que, geralmente, eram agradáveis. Ela sorriu e perguntou se eu estava interessado nela. Assegurei-lhe que sim, mas gostaria que me confirmasse que Bellino era de fato um rapaz. Sorriu e comentou que minha obsessão era comentada entre os seus. Cecília estava vestida para o jantar e se aproximou de mim oferecendo os lábios, mas antes do beijo deixou claro que gostaria de voltar para o meu quarto após a festa. Beijei seu pescoço e lábios e meu desejo cresceu. Falei em seu ouvido que não costumava desperdiçar um par de horas, sendo a vida um passeio que pode cessar bruscamente. Ajudei-a a tirar a roupa e via o corpo de Bellino enquanto a beijava. Eu continuava pecando.

Enfim, Bellino...

O magnífico jantar de Don Sancho, composto de pescados do Adriático, mariscos e champanhes variados, deixou-nos todos no mais alto grau de êxtase. Logo após, Bellino cantou. Ao meu lado estavam minhas recentes amantes e Petrônio. Meus olhos não se afastavam da cantora. Ou seria cantor? Retornamos para a hospedaria no meio da noite e Cecília seguia com o braço enfiado no meu. Antes de subir a escada que dava acesso aos quartos, pedi-lhe licença e convidei Bellino a ficar um pouco a sós comigo. Ele hesitou um segundo, mas depois me acompanhou. Estava vestido como uma dama francesa, personagem operístico. Eu, sob efeito de tanto champanhe e inteiramente apaixonado, conduzi o cantor. Eu estava disposto até à violência para tê-lo. Mal entramos no quarto, avancei e beijei seus lábios, enquanto ele gemia tentando resistir. Enfiei a mão sob as várias saias sobrepostas até o vértice querido e lá encontrei um volume cilíndrico mais ou menos do tamanho do meu quando em estado de excitação. Afastei-me. Abri a porta. Pedi desculpas por haver insistido tanto. Solicitei que se despedisse por mim de sua família, eu partiria para Roma na manhã seguinte, no primeiro cabriolé. Ele saiu porta afora enxugando as lágrimas. Desci até a adega da estalagem e apanhei uma garrafa de vinho. Ia embriagar-me para afogar a decepção. Enquanto bebia no quarto fui arrumando as coisas no baú. Deixei recado na portaria para que me chamassem e caí embriagado. Na manhã seguinte, quando estava embarcando, deparei com Bellino. Pediu ajuda. Precisava ir a Roma com urgência e não tinha como pagar o transporte. Mandei que entrasse no carro e partimos juntos. Viajamos calados durante algumas horas, quando ele começou a me contar a sua história. Bellino era um castrado que morava na vizinhança de sua família e que morreu jovem. A minha amada chamava-se na verdade Teresa. Sua mãe teve a idéia de assumir a identidade do morto para conseguir mais uma fonte de renda, já que Teresa era uma magnífica cantora. "E o que agarrei ontem à noite?", perguntei, surpreso. Ela abriu a bolsa de mão e retirou de lá um dildo, espécie de pênis artificial esculpido em rolha. Eu sorri. Ela explicou ser seu companheiro nas horas de solidão. Abracei-a. Ficamos numa magnífica estalagem em Roma e vivemos os dias e noites de amor que merecíamos. Dessa vez, não pequei.

De servo de Deus a servidor da pátria

Numa possível contabilidade dos pecados para um acerto de contas no além, deveriam ser diferenciadas as faltas cometidas em nome do prazer daquelas praticadas por necessidade. O comentário se refere a uma situação que enfrentei em Bolonha. Depois de anos servindo a Deus como abade, fui sendo mais desconsiderado a cada dia, como se um nome como o meu nas fileiras da igreja não fizesse diferença. Havia perdido meu passaporte e fui preso por isso. Naqueles dias havia muita suspeita de espionagem. Solicitei que o cardeal Acquaviva enviasse novo passaporte e mais cem onças de ouro ou uma carta de crédito no mesmo valor. Nunca soube se a correspondência chegou até ele, mas recebi apenas o passaporte novo. Estava com míseros duzentos guinéus que consegui arrecadar no jogo de cartas com oficiais, na prisão. Observando aqueles homens tranqüilos e vivendo bem em seus uniformes, conclui que era hora de abandonar o clero e assumir as Forças Armadas. Assim que pus os pés na rua, com meu novo passaporte, fui ao melhor alfaiate da cidade e encomendei uma farda: calças brancas, jaqueta azul, dragonas vermelhas, uma grande espada e um bastão. Eu mesmo me deslumbrei quando me vi no espelho. Estava magnífico! Hospedei-me na melhor estalagem de Bolonha. À tarde passeei pela cidade para ser visto e admirado. Ao fim do dia sentei numa roda de carteado com oficiais. Um deles me perguntou a quem servia. Respondi: "A Deus e a Veneza, nem sempre nessa ordem!" Ele pareceu não compreender bem, mas como falei com firmeza não fui contestado. Minha nova condição parece haver alimentado a minha sorte e ganhei bastante nos dias seguintes. Ao final da semana, estava com trezentos guinéus e ainda recebera a informação de que um jovem oficial de Veneza desejava vender seu posto por motivos de saúde. Bastava que o *sage* veneziano aceitasse a minha pretensão. Ora, em Veneza consegui boas referências e no mês seguinte já era alferes. Aproveitei e me engajei a um grupo destinado à guarnição de Corfu. Uma sociedade de militares com suas mulheres e filhas, mas também com suas prostitutas. O pecado veio por essa via. Logo me tornei amante da esposa de um dos oficiais. Bela mulher abandonada, sem os carinhos de que uma jovem esposa necessita. Durante os jantares me dirigia olhares indiretos e eu correspondia com a devida dose de promessas. Consegui entrar em sua casa com uma desculpa e a pressionei contra uma parede. Só fomos interrompidos porque tocou o clarim da guarnição e temi a chegada do oficial. Dias depois consumamos nosso encontro. Pediu-me dinheiro emprestado e lhe dei o que havia ganhado de seu marido no carteado. Quando o oficial viajou passamos juntos a primeira noite completa de amor. Estava apaixonada. Saí por uma porta lateral quando amanhecia. Embora o amor praticado com a esposa do oficial vibrasse em cada músculo, aconteceu de passar sob uma varanda conhecida. Ali vivia uma famosa cortesã de Constantinopla que trazia meninas para revender na Itália. Ora, qualquer mulher que se colocasse à mostra naquela janela estaria disponível por algum dinheiro... E lá se mostrava uma negra muito jovem, que aparecera coberta apenas por leve manto de tecido claro caído sobre sua pele quase azul. Olhou-me, em meu traje de oficial que volta da farra, caminhando no meio da rua de pedras irregulares, e sorriu. Seu corpo era perfeição que parecia desenhada por um mestre, em curvas suaves e firmes. O olhar sorria tanto quanto a boca pequena e carnuda. Meu bastão entre as pernas imediatamente apresentou-se, apesar da recente lida. Abri os braços clamando por ela, mas alguém a solicitou lá dentro e a porta do balcão se fechou. Conferi a bolsa e havia algumas moedas de ouro. Bati no portão, gritei desesperado de desejo. Logo apareceu, na janela, a cortesã que aliciava meninas no Oriente. Mostrei as palmas das mãos e depois apontei com os dois indicadores minha própria virilidade. Ela sorriu e fechou a janela. Um criado veio me abrir a porta. Subimos juntos e no salão uma menina bonita me aguardava, ruiva e saborosa, mas não era a negra de absurda beleza, reclamei. Veio a cortesã. Expliquei meu desejo pela que vira na janela. Retrucou ser uma encomenda para o capitão da guarda, que chegaria de Pádua na próxima semana e era louco por meninas morenas. Perguntei se a negra era virgem. Ela sorriu, apenas. "Então pode ficar comigo algumas horas sem que o cliente especial perceba", emendei. Ela suspirou, depois fechou negócio por uma centena de cequins. Admiti que a menina era maravilhosa, mas eu não era tolo. Ofereci trinta. Ela aceitou. Franqueou sua própria alcova de cetim, perfumada de sândalo, e a menina, que se chamava Maipaz, veio ao meu encontro. Bastou um gesto para que eu a desnudasse, e logo a devorei com desvelo e ternura. Ao meio-dia, cheguei em casa e caí na cama. Dormi até o sol se pôr. Na semana seguinte, veio a surpresa terrível. A linda menina me contaminara com a enfermidade que repassei à esposa do oficial posteriormente. Era a terceira vez que eu pegava alguma coisa do gênero. Não é preciso comentar que minha amante rompeu relações. Pecado da luxúria.

Na corte de Luís XV

A carreira das armas estava me custando muitas horas de sono com suas exigências ridículas de horários exóticos. Muitas vezes exigiam nossa presença mal raiava o dia, sem que houvesse o que fazer. Teria sido mais lógico chegar mais tarde, para não fazer nada. O certo é que vendi meu posto pelo dobro do que havia comprado. Com o arrecadado, resolvi me dirigir a Paris. Lá havia muito ouro e mulheres bonitas para um homem com o meu talento. O pecado que marcou minha passagem pela cidade se refere ao santo direito à propriedade. Santo para quem a possui, naturalmente. Os demais a cobiçam. Instalei-me numa ótima pousada, como de costume, e acionei contatos que tinha no lugar. Logo recebi convite para uma festa na corte. Nos melhores trajes, compareci ao palácio de Luís XV. Em média, as damas eram muito feias e andavam como navios na tempestade, balançando para ambos os lados, isso porque usavam saltos excessivamente altos, para remediar suas pequenas estaturas. O que chamava a atenção era a ostentação das jóias. Os brilhantes, diamantes e outras pedras por mim desconhecidas refulgiam nos pescoços, orelhas e pulsos. Fui apresentado a certa condessa. Ela carregava nos braços e no colo a minha independência financeira e eu sabia que dentro de uma semana estaria sem fundos para viver. Pensei pela primeira vez em roubar. Não fariam falta para aquela velha rebocada alguns diamantes. Mas como fazer? A porca gorda se interessou por mim. Queria me levar para o seu quarto. Se me tornasse seu amante estaria com os problemas resolvidos, mas como excitar-me com semelhante criatura? Não, no máximo ofereceria meus lábios e meu bastão viril uma vez. Era preciso apropriar-me daquelas jóias. Aceitei freqüentar sua alcova. Meti a cara no bordeaux, fartamente servido, para adquirir coragem. Perto da meia-noite tomei o coche com a condessa De Varenne, que devia beirar os 70 anos. Despiu-se e gemeu muito, antes até de minhas mãos lhe tocarem. Recebeu os carinhos de olhos fechados. Fiquei pensando que ela poderia ter contratado um criado para fazer o serviço. Mas, enfim, consumou-se o ato.

Oportunidades e golpes

Durante os dias seguintes pensei o tempo todo nas jóias da condessa. Era a primeira vez que eu me organizava para roubar alguém. Embora eu não chegasse ao ponto de me sentir culpado, era uma sensação nova. Fui com Marcier, um novo amigo francês, à casa de duas prostitutas para uma festinha. Não me agradei de nenhuma delas e o deixei lá, mas quando saía do prédio avistei uma menina no corredor, de uns 13 anos, que se oferecia ao prazer remunerado. Ela estava sem jeito. Via-se que era iniciante. Tinha a beleza da idade e um jeitinho gracioso. Perguntei quanto queria receber para se despir. Respondeu que dependia de qual de suas entradas eu pretendia aproveitar. Informei-lhe que de todas as disponíveis. Retrucou que sua mãe lhe adiantara que não deveria entregar o traseiro por menos de vinte e cinco cequins. Ri de sua disposição e ofereci dez cequins, apenas para vê-la nua, depois conversaríamos. Abriu a porta atrás de si e entramos num dos mais infectos aposentos que tive oportunidade de conhecer. Havia, no ambiente, apenas um velho sofá rasgado coberto com uma colcha suja. Ela tirou o vestido e um corpinho branco, mas apetitoso e bem desenhado, surgiu. Fiquei interessado, mas as jóias da condessa não me saíam da cabeça. Fiz com que a menina se ajoelhasse sobre o estofado e lambi suas nádegas antes de penetrá-la. Após a diversão e o pagamento tive uma idéia. A pequena puta chamava-se Liège. Perguntei se toparia participar de uma aventura para ganhar trezentos cequins, rapidamente. Ela nem sequer respondeu, apenas sorriu. "Trata-se de roubo", falei. "Estou disposta", respondeu. Dei cinqüenta cequins para que ela comprasse um vestido decente e combinei de apanhá-la ali dentro de dois dias, no início da noite. Cabia-me colocar a condessa e suas jóias num ponto possível de Liège atacar. Passei a pensar o tempo todo no assunto, estudei os trajetos, raciocinei sobre os empecilhos. Em festas e outros eventos a velha dama só percorria as áreas públicas sob a vigilância de seguranças. Os valetes e cocheiros eram homens de confiança, que certamente trariam à mostra suas armas ao sinal de qualquer ataque. Só havia uma possibilidade: trazer a pequena Liège para dentro da Ópera de Paris. Meu plano era de altíssimo risco, mas a recompensa fazia o golpe valer a pena. Alguns escroques experientes me haviam indicado receptadores de confiança para repassar as pedras. Na noite seguinte, fiquei duas horas treinando a pronúncia de Liège num francês carregado de sotaque inglês, para que se apresentasse como filha do duque de Windsor. Assim os porteiros permitiriam a sua entrada no teatro. Ela então aguardaria que eu lhe entregasse um pacote e viria me esperar em seu quarto. Eu me encarregaria de retirar as jóias do pescoço da condessa e repassá-las. Fui forçado a mais uma noite de amor com a velha dama, para convencê-la a reservar seu camarote inteiramente para nós dois. Beberíamos champanhe ouvindo a opereta cômica que estrearia na próxima semana. Ela estava apaixonada.

A DOSE CERTA

Consultei várias obras de alquimistas, tentando descobrir a substância ideal. A duquesa devia embriagar-se o suficiente para não notar que eu retirara as pedras de seu pescoço, mas não deveria dormir, nem sofrer uma síncope. Ela não costumava exagerar no vinho. Era atenta ao que acontecia ao seu redor. Após muita pesquisa e experiências, resolvi-me pelo absinto. Levei para o camarote um pequeno frasco com duas doses da droga verde. O criado trouxe champanhe em balde e ajeitou as taças sobre as toalhas. Adiantei-me e o dispensei. Eu mesmo serviria a minha amada. O ambiente obscuro, no qual apenas os brilhantes refletiam a luz artificial, era ideal. Despejei o absinto na taça quando a condessa, inclinada sobre a amurada do balcão, espiava com seu binóculo o burburinho do público buscando os assentos. Brindamos logo depois. O seu champanhe parecia um tanto leitoso, mas ela não chegou a notar a anomalia e bebeu a dose. Olhou-me como quem adivinha o que está por vir. Nas mãos de quem estava. Em alguns minutos ficou grogue, depois gemeu e deitou a cabeça sobre o meu ombro. Seu colar suntuoso ficou ao alcance de meus dedos. Abri o fecho com alguma dificuldade e deitei a aristocrata sobre duas cadeiras. Era preciso ser rápido. Liège me aguardava em frente à entrada da área nobre. Coloquei a jóia num saco de couro, amarrei-o e entreguei a ela. A menina sorriu e desceu as escadarias tropeçando em seu vestido novo. Respirei fundo e procurei a dama de honra da duquesa, que aguardava na área de serviço do teatro. Comuniquei-lhe que a duquesa passava mal. Voltamos juntos para o camarote. A velha ronronava como um gato satisfeito. Talvez sonhasse. Amparei-a, novamente. A sua criada trouxe água e respingou em seu rosto, sem resultado. Sugeri que a moça aguardasse ali no camarote até o despertar da dama. A duquesa dormiu durante as mais de três horas do espetáculo. Suou, gemeu, roncou e depois lentamente abriu os olhos. Em poucos segundos sua mão percorreu o colo e ela ajeitou-se na cadeira perguntando pelo colar. A troca de explicações e contestações transformou-se num mal-estar geral e a duquesa ordenou que seus auxiliares de confiança se apresentassem. Mantive minha postura, diante da hostilidade com que passou a me tratar. Logo éramos cinco no camarote, com a chegada de seu valete e de seu cocheiro. Ela relatou aos dois, novamente, o desaparecimento da jóia e, de repente, voltou-se para mim. Admitiu que eu deveria me submeter a uma revista. Fingi indignação e proclamei que faria a sua vontade com a condição de que nunca mais se dirigisse a mim. Ela estancou por alguns segundos, depois aceitou a premissa. Fui à sala anexa, acompanhado dos dois homens, e me despi inteiramente. A situação me excitou e meu bastão adquiriu consistência de trabalho. O valete ruborizou. Voltamos ao camarote com a negativa dos dois sobre qualquer resultado. A condessa nem me olhou. Apanhei meu chapéu e minha bengala e ia saindo quando ouvi a velha sussurrar: "Tu me roubaste, maldito aventureiro!" Bati a porta e saí depressa do teatro, escorraçado como cão vadio.

Enfim, a liberdade

Entrei no quarto de Liège e não a encontrei lá. Por alguns momentos sofri a impressão de que fora roubado. Algo como o que a condessa havia experimentado há pouco, mas a menina voltou do banheiro se arrumando. Desacostumada a usar uma roupa de qualidade, atrapalhava-se quando precisava vestir-se. Entregou-me o saco e o abri diante dela, o que era uma imprudência. Retirei de minha bolsa os trezentos cequins que ela merecera. Sentei no sofá imundo e fiquei contando os diamantes do colar. Eram vinte de vários tamanhos. Desmontado, ele podia valer uns cem mil luíses, ou mais. Liège me olhava enquanto as pedras me mantinham hipnotizado. Sorri para ela e a convidei para sairmos dali. Iríamos jantar e depois amar até a manhã seguinte. Então pensei em apresentar a pequena Liège a uma das cafetinas do *grand monde* parisiense. Se havia escolhido a profissão, seria melhor que atuasse nas alturas. A menina tinha futuro!

O PECADO DA INDUÇÃO

Pois, é, padre... Eu deveria, mais do que qualquer um, saber o que é pecado. Afinal, fui abade e li os testamentos, assim como outros livros pios, mas confesso que muitas vezes me confundo. Estava, por exemplo, de volta a Veneza depois de uma temporada de viagens e conheci um capitão chamado Gian, meu xará. Esse homem me induziu a pecados em que o julgo mais responsável do que eu. Era de boa família e me apresentou mãe e irmã, sendo que seu pai já se fora. Mas dizer que ele me apresentou é pouco. Sua mãe, uma dama de meia-idade, era ainda mulher muito desfrutável, e a irmã uma das mais belas meninas que conheci. Pois bem, Gian insinuou, em primeiro lugar, depois explicitou, que, mediante algumas centenas de cequins, poderia ajudar-me a conquistá-las, e realmente o fez. Argumentou que com o seu apoio, fazendo a minha defesa junto ao ouvido de ambas, eu as poderia possuir, sem que uma soubesse da outra. Ele me julgava rico, o que era um erro de avaliação, e capaz de qualquer coisa por uma bela mulher, no que estava muito próximo da verdade. Quem é o pecador? Em nossa primeira conversa, logo após eu conhecer sua mãe e irmã, e após uma garrafa de vinho numa adega suspeita, ele perguntou o que eu achava das mulheres que acabara de conhecer. Respondi que as havia achado simpáticas. Ele apenas sorriu e foi ao ponto. O que eu achava delas como mulheres, queria saber. Ora, após notar que desejava falar diretamente, confessei que ambas eram adoráveis. Então se ofereceu para intermediar nossos relacionamentos. Observou que a irmã era virgem, mas queria experimentar o amor, e a mãe vivia se queixando da solidão, que segundo ele era apenas a falta amorosa que o marido lhe fazia. Um cavalheiro de aparência nobre, como eu, poderia ter a ambas, desde que estivesse ao lado dele. Sem sua ajuda corria o risco de não conseguir nenhuma delas, avaliou. Eu quis saber se no dia seguinte, dissipado o efeito do vinho, ele pensaria da mesma maneira, e ele respondeu que sim. Achava-se um realista. Eu quis saber quanto custaria toda a sua intervenção e ele sorriu, sentindo que vencera a primeira parte da argumentação.

Duas pelo preço de uma

Gian tinha um plano. Em dois meses, ambas estariam na minha cama por cem dobrões de ouro. Era um bom dinheiro, mas apenas a posse da menina Cândice já valia tal soma. A adorável mãe viria como prêmio. Eu, casualmente, tinha essa pequena fortuna e mais um tanto. Meu investimento seria algo como o custo de seis meses de minha vida em padrões normais. Aceitei, mas ele receberia uma carta de crédito sem assinatura — assim que tudo se concretizasse eu validaria o documento. Selamos nosso acordo e eu quis saber quando começaríamos. Dali a dois dias, ele me explicou, sairíamos ele e seu par, eu e Cândice para uma ceia romântica. Depois um passeio de gôndola e o final de noite seria tarefa minha. Ele trabalharia por trás, amaciando a mãe e preparando a irmã. Dorotéa não ficaria a par da saída da filha e ela não contaria à mãe. O capitão seria o único elo entre as partes. Parecia engenhoso. Ele pediu um adiantamento de duzentos cequins. Estava falido por conta de dívidas de jogo. Fui descobrindo que era um devasso com longa ficha de atividades. Marcamos numa taberna famosa por ser ponto de partida de romances abrasadores. Ele chegou com a amante e a irmã. Cândice, tão bela quanto a primeira vez que a vi, parecia assustada por estar entregue a minha companhia. Enquanto comíamos e bebíamos, Gian abrasava-se com a sua acompanhante. Resolvi não forçar nada. Senti que qualquer movimento errado colocaria tudo a perder. Ao final do jantar, embalado pelo vinho, talvez, Gian deitou com a amante sobre um sofá mal iluminado e quase consumou o coito na frente de Cândice, que enrubesceu ainda mais. Pedi licença a ele e me ofereci para levar sua irmã em casa. Aceitou a sugestão com a ressalva de que eu não me deixasse ser visto. Ao dizer isso piscou para mim, lembrando de nosso trato. Até mesmo eu, aventureiro experiente, surpreendi-me com o grau de infâmia do oficial. Deixei a menina na porta de sua casa, mas arranquei dela o compromisso de irmos juntos à ópera e depois a um passeio no jardim imperial. Gian a levaria, para não preocupar sua mãe. O canalha serviria para encobrir nossa aproximação.

Juras de amor sincero

Cândice surgiu especialmente bela junto ao capitão, que a entregou para mim na frente da ópera. Combinou que passaria para buscá-la dentro de oito horas, dando-nos tempo para todos os folguedos. Ela colocou uma máscara de fina porcelana azul, imitando um rosto oriental. Eu me protegi com uma de veludo negro sobre armação de ouro que cobria minha face até a altura do nariz. Durante o espetáculo trouxe seu corpo para perto de mim, abraçando-a pela cintura delgada de menina. Permitiu o avanço e chegou a deitar a cabeça em meu ombro algumas vezes. Resisti em roubar um beijo, apostando que quanto mais excitada estivesse, melhor seria o meu desfrute. Ao fim da récita descemos até o canal e tomamos uma gôndola em direção ao jardim. Recompensei devidamente o barqueiro para que nos aguardasse e mergulhamos entre as sombras do horto. Ela estava pronta para se entregar. Logo que a abracei, ofereceu a boca, cheia de paixão. Encostei-a contra um imenso carvalho e mergulhei sob suas saias, explorando cada trecho de sua pele jovem. O arrebatamento com que fui tomado, com seu cheiro, fez de minha boca despudorada uma fera intrusa. Ela gemeu forte e voltei de lá com os lábios ensangüentados. Cândice recebera sua primeira descarga natural de menina-moça durante a minha investida. Ela se horrorizou, eu apenas sorri e me limpei com o lenço. Estávamos apaixonados. Achei melhor não prosseguir, porque as chances de que emprenhasse seriam grandes. Ela comentou que era melhor procriarmos logo após o casamento. Sim, falou isso com naturalidade. Voltamos para a gôndola, abraçados.

Promessas, promessas...

Quando encontrei Gian no dia seguinte, fomos beber uma taça de vinho e lhe disse que sua irmã contava com nossas bodas. Ele sorriu e confessou que havia informado a Cândice de minhas pretensões matrimoniais. Senti vontade de sacar a espada e trespassar o fígado daquela criatura demoníaca. Ele notou meu estupor, mas continuou sorrindo. Acrescentou que, ao ser abandonada, sofreria alguns dias até arrumar um novo amante. Assegurou-me que a mãe não poderia cobrar meu compromisso, porque também estaria envolvida comigo. Aliás, acrescentou, era hora de eu começar o aliciamento dela. Pressenti que ele não estava brincando e tive a lucidez de perceber que o melhor era fazer o seu jogo, afinal... A única peça que não se encaixava no tabuleiro era o fato de eu estar me apaixonando por Cândice. O próximo encontro, no dia seguinte, em nosso jardim e à luz do dia me fez reafirmar essa certeza. Gian a entregou, como sempre, com a promessa de vir buscá-la dentro de seis horas. Embrenhamo-nos entre as árvores até termos certeza de estarmos inteiramente sós. Deitamos entre as raízes de um plátano e iniciamos as carícias. Eu estava enlouquecido e a queria, sem restrições. Como no dia anterior, mergulhei sob suas saias e avancei como um explorador de tesouros desconhecidos. Ela agarrou meus cabelos e apertou minha cabeça, gemendo. Saí dali quando ela quase desmaiava e estava preparada para a invasão. Cândice indagou se não era melhor que nos casássemos. Cessei os carinhos e lhe informei que casaríamos já, diante de Deus, que está em todo o lugar. Retirei de minha bolsa um par de ligas delicadas que havia comprado para ela. "Essas serão nossas alianças", disse-lhe, e ela sorriu. Fui colocando-as nas belas coxas claras da menina enquanto as beijava, até que gemendo se entregou aos meus carinhos mais profundos.

Um arranjo de família

Estava em meu quarto, deitado, sonhando acordado com minha amada Cândice, quando seu irmão mandou chamar-me no salão. Senti pelo seu hálito que estava embriagado, mas falou sem rodeios, apesar da voz um tanto pastosa. Disse-me que Dorotéa me aguardava naquela mesma noite em frente à ópera, meia hora antes do espetáculo. Segundo ele, sua mãe imaginava que o encontro fora armado por mim. O canalha não desrespeitava apenas sua mãe e irmã, mas também a mim, dispondo de meu tempo a seu bel-prazer. Disse-lhe isso e ele retrucou que não poderia esperar o resto da vida para receber o seu dinheiro. Fui obrigado a concordar que ele era decidido. Dispensei-o e fui me preparar para a conquista da viúva, afinal, estava pagando caro por aquela oportunidade. À noite atravessei o saguão elegantemente trajado, carregando a espada disfarçada em bengala na mão esquerda e a máscara negra, de suporte, na mão direita. Gian me havia informado que Dorotéa usaria um capuz azul-turquesa que esconderia todo o seu rosto, além de um par de pequenas violetas encravadas num broche, que adornaria seu colo. A distância reconheci a mulher bem fornida, mais alta que a filha, de postura galante, trajando um vestido de veludo negro. Aproximei-me dela o suficiente para que me notasse. Quando se voltou, afastei um instante a máscara e a deixei me reconhecer. Não vi seu rosto, mas os seios tremeram de emoção. Disse-lhe o quanto me alegrava tê-la como companhia na récita. Seus olhos, na única fresta que se abria de seu rosto, sorriram. Ofereci-lhe o braço e entramos. Fomos para o mesmo balcão ao qual eu havia levado Cândice, alguns dias antes. Quando o tenor envolveu a todos na emoção de seu canto, abracei Dorotéa, envolvendo-a na altura dos quadris. Ela palpitou, como um animalzinho assustado, depois se entregou deitando a cabeça para o lado. Afastei sua máscara e a beijei. Após o espetáculo a convidei para beber um champanhe comigo. Alegou que não podia chegar demasiado tarde. Insisti em coroar nosso encontro com alguns momentos íntimos. Aceitou, afinal. Fomos para a taberna próxima ao teatro. Justo a que Gian freqüentava. Não tive intenção; de repente estávamos ali, próximos ao canal, bebendo, iluminados pelo luar. Entregou seu busto a minhas mãos e sua boca à minha boca. A filha tinha algo dela no modo de amar, talvez os gestos dramáticos. Convidei-a a ir até a minha pousada. Negou-se, insistia que precisava retornar à casa.

Ofereci-me para levá-la. Entramos no coche e orientei o condutor para que alterasse o caminho — passaria antes em frente à minha residência. Ao aproximarmo-nos, convidei novamente Dorotéa, acrescentando que só desejava dela uma hora. O carro nos aguardaria. Aceitou, e entramos como dois amantes desesperados um pelo outro. Ao desnudá-la pude imaginar o futuro de Cândice. Era uma mulher para casar, se eu fosse um dos homens que casam.

O PREÇO DO AMOR

No dia seguinte, logo na hora do café, Gian apareceu em minha pousada para receber o seu dinheiro. Colocou a ordem de pagamento sobre a minha mesa enquanto informava que o trato se cumprira: eu era amante de sua irmã e de sua mãe. Era verdade. Pesou-me assinar aquele papel transferindo para ele tanto dinheiro. Disse-lhe que suas obrigações não acabavam ali. Por pelo menos um mês ele ainda deveria me dar guarida quando eu precisasse dele em minhas ações amorosas com as belas mulheres. Ele concordou com seu sorriso cínico. Fiquei imaginando quantas prostitutas e mesas de jogo veriam a cor de seu dinheiro num futuro próximo. Resolvi dormir um pouco para me recuperar dos esforços amorosos dos últimos dias, assim como da ressaca de assistir a minha pequena fortuna mudando de mãos. Não cheguei a embalar no sono e um dos criados me avisou que uma senhorita queria me ver. Antes que eu pudesse saber mais, Cândice se aproximou. Os seus olhos vermelhos haviam vertido muitas lágrimas e temi pelo que se apresentava. Dispensei o empregado e a fiz entrar. Abraçou-me dizendo que era preciso que eu me casasse com ela, com urgência, para que pudesse sair de casa. Foi explicando aos tropeços que sua mãe arranjara um amante. Em breve poderia colocá-lo dentro de casa e ela não suportaria isso. Respirei fundo e lhe disse que a mãe, como viúva, tinha todo direito de ter alguém. Ela contestou minha opinião. Seu pai só se fora há três anos e a mãe deveria respeitar sua memória. Não lhe perguntei se sabia de quem se tratava, por me parecer que não era o caso, mas quis descobrir como se inteirara de que a mãe estava com alguém. Ora, Dorotéa chegou em casa tomada de felicidade inexplicável, dançou enquanto se despia e seu corpo denunciava os carinhos que recebera. Sim, Cândice espiara a mãe, mal ela entrara em casa. Seguiu-a até o quarto. Assistiu à viúva lançando a máscara sobre a cama e só então se apresentou. Dorotéa de início assustou-se, mas logo sorriu para a filha e a chamou para um beijo. Só uma mulher que vem dos braços do amante irradia tanto bom humor. Cândice tinha razão, mas não pude concordar com ela. Achei que o melhor era igualá-la em bem-estar e a acolhi em meus braços. Busquei energia do fundo da alma para cobri-la de carinhos. Nos últimos dois dias eu estivera com ela e com a mãe durante catorze horas, sendo que dessas pelo menos umas seis na cama. Cândice entregou-se. Queria tirar o amargor em notar a capacidade de amor que a mãe ainda tinha.

O AMOR COMPARTILHADO

As semanas seguintes foram de alternância constante entre mãe e filha. Pelo menos uma vez por semana eu acabava na cama com cada uma delas. Cândice pressionava-me para o matrimônio e Dorotéa me exigia cada vez mais assiduidade. O que incomodava era eu me apaixonar cada dia mais pela menina, embora extraísse grande prazer da companhia da viúva. Se ambas topassem viver maritalmente comigo acho que o problema estaria resolvido. Só em Bagdá. Mas o final de nosso caso familiar se precipitou por razões talvez até fáceis de verificar por um observador externo, mas que fugiam de minha visão próxima. Cândice não se conformava com o fato de a mãe estar apaixonada e viver sorridente como quem nunca sofrera a perda do amado esposo e pai. A menina pressionava o tempo todo para que Dorotéa contasse quem era o seu amante. Eu e Gian, em contrapartida, aconselhávamos a Dorotéa que não revelasse o nome. Esse jogo de força finalmente terminou quando a viúva se irritou com aquele cerco e a informou que sua paixão era o senhor Casanova. Ora, a menina se negou a acreditar, mas por outro lado não podia revelar que seu presumido futuro esposo também era o senhor Casanova. Embora a mãe tentasse conter o choro convulsivo da filha, não conseguia perceber por que o fato representara tamanho golpe. A chegada de Gian, que imediatamente percebeu o que se passava, foi providencial. Ele separou as duas. Levou Cândice para o seu quarto. Ela lhe revelou o terrível segredo: seu noivo e o amante de sua mãe eram a mesma pessoa. Gian bradou indignado que a vingança não tardaria. Segundo seu relato em minha pousada, rindo, chegou mesmo a levar a mão à espada. Trancou a menina em seu quarto, entregou a chave para sua mãe e veio ao meu encontro. O repugnante hálito recendendo a conhaque barato, aliado ao deboche que não conseguia nem fazia questão de esconder, tornava a presença de Gian irritante, mas naquele momento eu dependia dele. Precisávamos de uma estratégia para escapar daquele rolo amoroso. Eu não conseguia imaginar uma saída que não fosse a simples fuga. Aquele não era meu estilo de atuação. Eu preferia poder sair das situações de forma limpa e com o mínimo de vítimas. Ah, por quantas escaramuças o prazer tem de passar! Voltei-me para o filho/irmão vendilhão e lhe lancei o desafio. Disse-lhe que me tirar da situação estava nos cálculos da fortuna que ele embolsara pela venda das duas. Olhou-me apatetado. "Resolva o problema", falei. Uma sombra passou pelo rosto dele. Sua cabeça devia ferver em busca de uma resposta impossível. Olhou-me como quem fita uma muralha e balançou a cabeça para a frente e para trás, depois murmurou que não conseguia pensar em nada. Sua expressão imbecilizada, como a de alguns defuntos, me fez imaginar uma solução. Eu sairia morto de Veneza. Informei a Gian que ele deveria investir na compra de uma urna funerária. Eu posaria como defunto por algumas horas. A visita de minhas amadas deveria ser breve, para que eu pudesse manter meu papel. Gian contaria que me abatera em duelo pela defesa da honra de ambas. Quatro horas depois eu descansava no esquife e as duas entraram na sala. Como havíamos combinado, Gian não permitiu que elas se demorassem na visita. Usei maquiagem amarela para dar verossimilhança ao corpo. Dorotéa teve o despudor de observar que eu teria sido a pessoa certa para ela e não para a filha, muito nova ainda diante de uma amante tão experiente. Cândice a refutou, afirmando que experimentara o que de melhor o amor tinha a oferecer. Dorotéa riu de sua pretensão jovem, apostando que dentro de décadas poderia afirmar tal coisa. Cândice começou a chorar e se voltou contra o irmão por haver me matado. Dorotéa também se voltou contra o filho e então fez a dolorosa referência: quem sabe ambas não poderiam ter ficado comigo? O caixão foi levado para a tumba da família na manhã seguinte. Durante a madrugada deixei Veneza, num coche alugado e protegido por uma máscara negra.

A AMBIGÜIDADE DAS RELAÇÕES

Então, padre, o que é afinal o pecado? Homens como eu, agraciados com o gênio da aventura, necessitam de uma considerável dose de sorte para permanecerem vivos e em atividade. Assim é que, aos 36 anos, eu chegara ao estado de falência e perseguido em diversas cidades, inclusive na minha querida Veneza. Mas resolvi voltar e tentar negociar com a Justiça. Na noite em que retornei, fui favorecido pela deusa da sorte e de braços dados com o demônio do pecado, se me permite a alusão. Havia bebido vinho e procurava uma estalagem barata para passar a noite quando ouvi murmúrios vindos de uma gôndola que balançava suavemente, entre as sombras do cais. Espiei a cena e lá estavam dois homens em posturas diversas. O mais jovem exalava saúde e disposição, além de ares vaidosos que soavam ridículos sob seus trajes e postura de pobre-diabo. Era gondoleiro, depois eu soube. O outro participante do quadro apresentava-se como o oposto: tinha uma postura humilde, mas suas vestes e seu traquejo revelavam um aristocrata. Era homem de 60 anos ou mais e gemia por misericórdia diante do outro. Pedia mais uma chance e naquele momento eu não soube a que se destinava essa nova oportunidade. O rapaz era inflexível: queria que o nobre saísse de sua gôndola. O velho ameaçou lançar-se no canal. Depois de uma gargalhada, o jovem informou que iria até a taberna beber um vinho e recolheria seu corpo na volta. Dito isso, foi desembarcando. Teve que se desvencilhar do outro, que se agarrara à sua perna e chorava, sem pruridos. Recolhi-me às sombras e o barqueiro cruzou próximo em direção ao bar. Fiquei observando o homem, que choramingava fitando o mar. Eu tentava perceber o que motivava aquela cena cruel quando fui surpreendido por súbito gesto. O homem deixou-se cair na água. Desapareceu na massa líquida um instante e veio à tona para novamente afundar. Desci até o cais e tentei oferecer-lhe o braço, mas já perdera a iniciativa, então me lancei na água e o retirei. Ambos encharcados, formávamos uma dupla patética, sentados na pedra. Ele continuava choramingando. Perguntei o que se passara e o velho apenas tremia. Ouvi passos e logo surgiu o barqueiro, que, próximo a nós, riu, debochando. Perguntou se o invertido havia tentado a morte. Informei que havia se jogado. Ele observou que melhor seria se houvesse morrido e simplesmente embarcou e partiu. Em minutos eu estava a sós com o velho, ambos tiritando de frio. Ele se apresentou como o conde Dal Primevo, com voz trêmula. Agradeceu-me por salvar-lhe a vida e me convidou para irmos até sua casa. Sacou da bolsa duas moedas de ouro e pediu que eu providenciasse um coche. Logo estávamos em seu palácio. Sua morada era, de fato, a de um nobre. Fomos acolhidos por criados que nos prepararam banho quente e roupas secas. Fui informado que o conde me aguardava na sala de refeições. Éramos outros, então. O traje que me fora cedido se ajustava perfeitamente, o que me pareceu curioso, uma vez que o corpo do velho era bem menor. Brindamos com excelente *chianti* e jantamos fartamente, enquanto evitávamos tocar no assunto do barqueiro. Ele quis saber quem eu era e o que fazia, mas não foi indiscreto quando tergiversei sobre minha atividade principal. Insistiu na necessidade de me compensar pelo gesto, embora eu afirmasse que qualquer cavalheiro agiria da mesma forma. Elogiou minha beleza física e especulou que eu deveria ser um colecionador de amantes. Após a segunda garrafa de vinho me convidou para degustar algumas especiarias em seu quarto. Eu havia desconfiado, pelo barqueiro utilizar a palavra "invertido", que o conde era apreciador de carne máscula. Embora eu não fosse propriamente um adepto das relações ambivalentes, me achava num estado geral de existência em que não se pode descartar um conde. Subimos para seus aposentos íntimos e ele me ofereceu um cachimbo de ópio, que lhe chegara da China naqueles dias. A névoa, criada por álcool e droga, envolveu o quarto. Dal Primevo abriu um pequeno baú cheio de moedas de ouro e colocou-o na minha frente. Mandou que eu me servisse do que julgasse justo. Tudo parecia um sonho concebido pelo próprio satanás. Fui amontoando pilhas de moedas, pensando no que eu precisaria para ficar na cidade até arrumar alguma coisa. Nesse meio tempo, esqueci esqueci-me do conde. Ao voltar-me da escrivaninha, tive a surpresa de ver o aristocrata quase nu, envolto apenas em gaze rubra. Ele deitara-se na cama de forma insinuante, mas nada que pudesse inspirar o meu bastão viril. Suas palavras foram pronunciadas num quase sussurro. Informou que todo o pequeno baú seria meu, se pudesse fazê-lo esquecer do maldito barqueiro. Tentei lembrar da mais linda concubina que conheci e pus mãos e mastro à obra.

Quase um filho

O esforço necessário para satisfazer o conde não foi grande e ele caiu desmaiado após alguns minutos de excitação extrema. Cobri-o com a colcha de lã e voltei para a escrivaninha para contar o meu tesouro. Derramei as moedas sobre a mesa e as sustive nas mãos avaliando seu peso. Imaginei que ali deveria haver umas quinhentas libras de bom ouro. Nada mau para quem chegara há pouco com mãos abanando. Eu poderia apanhar o ouro e sair dali, sem correr o risco de o velho acordar no dia seguinte e mudar de idéia, mas minha intuição era a de que eu tinha mais a ganhar ficando, e fiquei. Passamos o dia seguinte juntos, então pude contar sobre as pressões que me afligiam em Veneza. Sua influência poderia me ajudar e ele a colocou de imediato à minha disposição. Alguns processos ridículos que me colocavam como impostor e apóstata poderiam ser revertidos com uma carta de Dal Primevo. Ele pediu que eu a escrevesse e imediatamente assinou e mandou que um criado a entregasse no palácio. Elogiou a redação do documento e quando soube de minhas capacidades literárias sorriu satisfeito. Buscava um escritor que pudesse registrar sua passagem pelo mundo. Apesar de homem culto, não confiava em sua própria visão de um lugar na história. Eu ri e ele quis saber por quê. Fiz-lhe ver que tampouco biógrafos contratados são confiáveis. Após o almoço estávamos, novamente, um tanto embriagados e ele veio me acariciar. Fui franco. Disse-lhe que não me importava em satisfazer sua lubricidade, desde que eu também pudesse saciar a minha. Antes que perguntasse como fazê-lo, propus contratarmos meninas de bordel auxiliando na excitação. Ele concordou, com aquela compreensão da vida que apenas aristocratas e canalhas possuem. Pedi uma hora e me dirigi à casa de madame Bento, uma cafetina que possuía profissionais para todas as ocasiões. Voltei para o palácio com duas jovens de tenra carne e imensa volúpia. Fomos os quatro para a cama enorme e nos divertimos até a madrugada. Entre beijos e gargalhadas, o conde me disse no ouvido que eu já era quase seu filho.

Um herdeiro de férias

Minha interação com o conde era total. Almas gêmeas. Tínhamos a mesma visão sobre assuntos diversos. Assim como eu, ele via no próprio corpo apenas uma via do prazer, que, esse sim, era um fim. Uma das obsessões amorosas de meu pai adotivo era encontrar amantes entre homens do povo, trabalhadores rudes. Era o caso do gondoleiro, que já fora seu par, levara algum dinheiro dele, mas estava proibido pela esposa de se encontrar novamente com o velho. A sórdida mentalidade cristã, que vê na sinceridade um valor, fizera o homem rechaçar a companhia que poderia ajudá-lo de forma real. Dal Primevo contou-me dos abusos de que fora vítima por abordar homens do povo com intenções amorosas. Ofereci-me para agenciar rapazes vulgares, mas de confiança. Ele rechaçou. Não seria a mesma coisa. O risco fazia parte do jogo. Vestia uma capa, levava uma bolsa com algumas moedas de ouro e saía para a aventura. Sorri e entendi o prazer do risco que ele buscava. Apenas sugeri que levasse consigo uma pistola, para o caso de a situação ficar negra. Dois meses se passaram de minha estada no palácio do conde com todo o luxo e dissipação que eram seu costume. Embora tudo fosse muito agradável, com prostitutas escolhidas a dedo por mim, achei que precisava viajar. Depositei meu baú de ouro na casa de um banqueiro e apanhei letras de câmbio que me permitiriam viajar por toda a Europa sem problemas por pelo menos um ano. Resolvi voltar a Paris no melhor estilo. Ao embarcar o conde me afirmou que seria seu herdeiro. A vida não podia ser mais generosa comigo.

Pecados a favor, pecados contra...

Tranqüilize-se, padre, não contarei toda a minha vida. Apenas quando transgredi o que, julgo, sejam os mandamentos de Deus. E eu os estudei como clérigo, não posso nunca dizer que desconheça o que é pecado. Vou narrar agora como usei a vaidade de um homem para usufruir dos sabores que sua deliciosa esposa poderia me oferecer. Era um burgomestre de Colônia. Mal cruzei o Reno e em Masdik fui reconhecido na sala de jantar de uma hospedagem. Um homem levantou a voz para anunciar que Casanova se encontrava ali, ou alguém que pretendia se passar por ele. Levantei-me da mesa disposto a interpelar o impertinente, mas ele sorriu e me convidou a cear com eles, como convidado. Havia uma bela mulher na mesa e isso me animou. Ela me foi apresentada como esposa do burgomestre Keteller. Aceitei o convite e fui agraciado com um lugar ao lado da bela dona. Chamava-se Diane e era bastante simpática. Não quis perguntar ao homem de onde me reconhecera, temendo alguma surpresa desagradável, mas ele mesmo se adiantou e contou como perdera duzentos mil cequins numa noitada de carteado comigo. Lembrei-me dele. Havia tirado a barba. Homens que riem de perdas como aquela ou são idiotas ou muito ricos. Ele pertencia à classe dos segundos. Chamava-se Adolf. Os assuntos variavam de um extremo a outro dos interesses, havendo desde comentários sobre a qualidade da última safra de bordeaux até o atentado contra Luís XV. Quando este último tema dominou as conversas, dei meu depoimento, pois estava presente ao suplício de Damiens. Enquanto trinchávamos o cordeiro assado, comecei a contar sobre a multidão na praça de Greve, os balcões dos palácios lotados de gente para apreciar o esquartejamento daquele que atentara contra o rei. Todos estavam atentos às minhas palavras, mas pude captar uma sombra fugidia no rosto de Diane. Ela estava sofrendo com meu relato. Cessei o comentário e disse a razão. Houve protestos contra a minha decisão, mas argumentei que a beleza deve ser preservada em nome de nossa humanidade. A bela mulher sorriu e notei que havia ganhado pontos com ela. Próximo da meia-noite, chegou o burgomestre acompanhado por dois militares. Ele veio buscar a esposa e me foi apresentado. Foi gentil e frio. Eu e Diane trocamos um olhar significativo durante sua partida. No dia seguinte eu deveria decidir se ficava mais em Colônia ou se viajava para Berna, meu plano original. Minha intuição dizia que a esposa do burgomestre seria minha se eu me esforçasse. Mas eu precisava de uma prova da força de seu interesse. Resolvi, num lance de ousadia, visitar o burgomestre. Tomei um coche e desembarquei na casa do administrador da cidade. Mandei que o criado anunciasse o senhor Casanova para uma rápida visita à senhora Diane. Enquanto escrevo, lembro-me com clareza de que eu não tinha preparado nenhuma desculpa para estar ali, caso o burgomestre me recebesse. Os minutos se passavam e eu fiquei tentando pensar em alguma coisa, até que fui convidado a entrar e recebido por ela numa pequena biblioteca. Curvei-me, beijei sua mão e fui direto ao assunto em voz pausada e baixa. Perguntei se lhe parecia que eu deveria ficar alguns dias em Colônia. Ela sorriu e cumprimentou-me pela ousadia. Completei meu pensamento, informando que mulheres belas como ela não eram numerosas na Europa e eu desejava conhecê-la melhor. Fez-me a objeção de que era casada e seu marido tinha uma imagem a zelar. Emendei que zelaríamos por ele, com todo o fervor. Ela concordou ser interessante a minha presença na cidade. Perguntei o que ela faria naquela mesma noite e Diane opôs um compromisso. Haveria um jantar na casa do general Castries e eles deveriam comparecer. Assegurei que eu também estaria lá, afinal era importante conhecer melhor a sociedade de

Colônia. Ela sorriu e informou que a lista de convidados estava fechada há mais de um mês. Respondi que esses eram os melhores encontros e me despedi, deixando-a atônita. Na certa esperava que eu forçasse agendar algum encontro com ela. Vesti uma bela casaca e invadi o ambiente sorrindo. Era um jantar sentado para umas trinta pessoas e os lugares à mesa estavam marcados. O general observou diante de todos que eu não fora convidado. Retorqui que se não o fora é porque há uma semana, quando o general elaborou a sua lista, ainda não me conhecia. Os que estavam próximos gargalharam com o chiste, que se não fosse imediatamente explicado geraria um constrangimento. Agreguei o comentário de que, em Veneza, me haviam alertado ser impossível vir a Colônia sem visitar o grande Castries, herói de confrontos memoráveis. O homem, que se guardava numa cara amarrada, desmanchou-se num sorriso e ordenou ao criado que arrumasse mais uma cadeira, depois incentivou os convidados a se apertarem um pouco, para me ceder lugar. Olhei para Diane e ela sorria. Nunca soube se o general, de fato, participou de alguma batalha. Na mesa, fiquei a poucos metros de minha adorada. Trocamos olhares durante todo o evento e observei os interesses e a prosa do prefeito. Eu queria gozar de sua intimidade em curto prazo, porque pretendia ter sua esposa em meus braços antes do fim de semana. A oportunidade surgiu logo, quando estavam sendo comentadas as casas reais de Petersburgo e Wuertemberg. Durante a tarde eu fizera uma breve pesquisa sobre as origens do nome do burgomestre e do general. Não há forma mais perfeita de aproximação do que um elogio que pareça desinteressado e afete algum público. Aproveitei o comentário de um dos convidados sobre a imperatriz Ana e inferi que os Keteller estariam no poder se não fosse certo capricho da prima russa do imperador. Era fato que a família do prefeito em algum momento rondara o trono, mas, como nas peças de Shakespeare, as famílias nobres sempre estão rondando o trono. Os olhos do burgomestre brilharam de satisfação com a simples menção da possibilidade remota de que sua família, um dia, tenha estado prestes a chegar ao poder. Novamente Diane sorriu para mim. Eu estava qualificado a bater em sua porta a qualquer momento, sendo bem recebido por seu marido. Foi o que fiz na tarde seguinte. Contava, como na outra vez, com a ausência do dono da casa, mas como me levaram até ele, desculpei-me pela intromissão e argumentei que desejava uma audiência. Eu tinha um projeto que poderia ser implementado na cidade. Keteller foi gentilíssimo e me convidou para entrar, fez com que servissem café e licor e pôs-se a me ouvir. Expus meus planos de criar uma loteria municipal. Minha idéia era levar o projeto até Paris, mas se aquela bela cidade aprovasse a idéia... O burgomestre agradeceu a lembrança, mas objetou que as fortes bases religiosas do Estado alemão não permitiriam a criação de uma jogatina oficial. Nesse meio-tempo, Diane tomou lugar junto a nós. O prefeito tinha um compromisso e nos deixou a sós. Ela foi rápida. Eu deveria entrar na igreja que era vizinha à casa deles e me esconder no confessionário. Quando o templo fosse fechado, às dez horas, deveria sair e abrir a porta à direita do altar. Ela tinha comunicação com a casa do prefeito. Normalmente ficava fechada, mas Diane faria com que ficasse destrancada. Eu deveria aguardar no vão da escada até que ela viesse me buscar. Eles dormiam em quartos separados, à maneira medieval, e ela me receberia em sua cama. Ergueu-se depois dessa informação como para me dizer que devia me ir. Avancei com ousadia e a beijei, depois saí. Próximo às dez horas entrei na igreja e me ajoelhei junto ao confessionário indicado. Havia apenas duas carolas que quase foram expulsas pelo sacristão quando chegou a hora de fechar o templo. Caminhei em direção à porta, mas quando ele deu atenção mais próxima a uma das crentes, voltei até o confessionário. As luzes lentamente foram sendo apagadas nos candelabros dos altares e logo fiquei mergulhado no breu. Avancei tateando no silêncio e nas trevas até achar a porta, que estava destravada. O vão da escada estava totalmente às escuras e aguardei ali, depois eu soube, por quase duas horas. O que não se faz por uma mulher! Ela veio me buscar segurando um candelabro e usando apenas um leve vestido sobre a pele. Subimos uma escadaria enquanto eu a apalpava. Sua respiração forte me deixava ainda mais excitado. Entramos no quarto em silêncio e deveríamos amar sem ruídos, pois o burgomestre dormia no aposento ao lado. Apanhei um lenço de seda esquecido sobre a cama e a amordacei, depois a despi e a cobri de beijos.

A CONFIANÇA EM EXCESSO

Em meu quarto, na estalagem, recebi mensagem do burgomestre. Ainda me refazia da noite anterior quando, ao amanhecer, fui obrigado a fazer a operação inversa, passando pelo confessionário antes de sair para a rua. O marido de Diane queria me encontrar. Por um instante temi uma cilada. Se houvesse desconfiado de nossa relação poderia colocar sicários em meu encalço. Afastei esses maus pensamentos levando em conta que, se planejasse uma vingança, não ia querer me ver novamente. Após um banho e uma xícara de café, rumei para a Prefeitura. Keteller recebeu-me sorridente. Estava especialmente disposto. Soubera por pessoa de sua confiança que eu era um agitador social de grande capacidade e circulava pela corte de qualquer reino com desenvoltura. Piscou-me o olho quando acrescentou que minha fama de conquistador também era grande. Sorri e emendei que deveriam ser expurgados os exageros provenientes da inveja e da admiração.

Também sorriu e foi ao assunto. Estava disposto a financiar pela Prefeitura eventos sociais que colocassem a cidade entre as mais civilizadas do mundo. Eu seria capaz de fazê-lo? Ora, a sorte é mesmo ambígua, a proposta era um bom negócio em condições perigosas! Enquanto eu refletia, ele falava sem parar. Emendou que sua esposa fazia questão de que eu me mudasse para a casa deles, como convidado de honra. Um arrepio de horror me percorreu a espinha. Em alguns minutos me inteirei de que a idéia dos eventos era de Diane. O paraíso fica ali, ao lado do inferno!

Prazeres e deveres

Minha mudança para a casa do prefeito aconteceu dois dias depois. Fui instalado num quarto de hóspedes no extremo oposto do corredor de acesso aos quartos do casal. Diane invadia meus aposentos a qualquer hora. Havia uma tranca, mas eu estava proibido por ela de usá-la. Era um prazer usufruir do corpo macio e da pele perfeita da esposa de Keteller, mas as chances de acabar mal eram de cem por cento! Rabisquei uma programação musical para convidados especiais e fui apresentado às melhores famílias de Colônia. Uma jovem bela e disponível quase se jogou a meus pés. Naquela mesma noite, Diane me advertiu de que eu não deveria ceder a tentações, pois a sociedade local era implacável. Dei-me conta de que estava casado com a esposa do burgomestre. Nossa ousadia aumentava e passávamos boa parte do dia, nus, em meu quarto, mas a confiança de Keteller em mim aumentava. Os encontros que eu agendava eram sucessos. Eu recebia por eles, mas estava insatisfeito. A cada dia eu me sentia mais controlado por Diane. Resolvi testar a forma como ela via nosso caso de amor e avancei sobre uma das meninas que freqüentava nosso círculo. Devia estar com uns 20 anos e era a formosura encarnada. Durante uma *soirée*, ela ficou muito próxima e a apalpei sem cerimônias. Em seu ouvido comuniquei minha intenção de vê-la fora dali dentro de uma hora. Eu tinha um coche de confiança e apanhei Helma em frente ao teatro. Fugimos para o campo. Enquanto meu cocheiro descansava, próximo a um bosque, levei a menina para o meio das frondosas árvores e a despi. Era virgem, mas aceitou e retribuiu todos os carinhos que propus. Deixei-a próximo a sua casa e voltei para meu lar, ou seja, a residência do prefeito. Não encontrei ninguém à vista e fui para o meu quarto. Era meio da tarde e me despi para descansar do maravilhoso esforço de lamber a jovem Helma. Estava terminando minhas abluções quando Diane invadiu meu quarto, disposta como um general furioso. Recebi uma bofetada desferida com toda vontade, mas sua mãozinha suave não chegou a causar danos. Enfiei a mão sob suas saias e a ergui apalpando sua vulva exposta. Precisei cobrir sua boca para evitar que os gritos e gemidos chegassem aos ouvidos dos criados. Xingou-me de todos os insultos que conhecia, dizia-se a única com direito de usufruir de mim. Não lhe perguntei de onde extraíra essa autoridade, mas a calei com beijos e ardentes penetrações que a levaram a desmaiar de prazer. Ao seu lado, observando-a adormecida, concluí que deveria preparar minha retirada. Duas horas depois a acordei. Era hora de Keteller retornar e era preciso que ela assumisse suas funções de dama da casa. Depois que Diane saiu, ainda amuada por minha infidelidade, preparei-me novamente para descansar um pouco antes do jantar. Mas bateram à porta. Era o burgomestre. Notei em seu olhar que alguma coisa havia mudado. Estava mais calado, mas me falou sem rodeios. A menina que eu seduzira naquela tarde era sua sobrinha. As carícias que recebeu a perturbaram e ela confessou-se à mãe, e esta se queixou ao prefeito. Baixei a cabeça e fiquei calado, não tinha o que dizer. Apenas acrescentei que não havia desvirginado Helma. Aproveitei para informar meu desejo de partir. Era a oportunidade que se apresentava para que eu escapasse daquela cilada amorosa. Mas a surpresa maior ainda estava por vir: Keteller observou que sua mulher sentiria muito a minha falta, pois estava sinceramente apaixonada por mim. Em tais circunstâncias, recomendava que eu me fosse sem despedidas. Foi o que fiz. Ao amanhecer, depois que Diane voltou para o seu quarto após nossa última noite, embarquei para Viena.

Comendo com o duque

O que é ou não pecado é uma questão de consciência? Bem, se assim for, nunca pequei, porque a minha não pesa. Mas sei que ofendemos a Deus muitas vezes sem nos darmos conta. A inveja raramente me tomou o coração, mas quando me senti dominado por ela, foi ruim. Numa dessas vezes eu estava em Stuttgart, jogando há dois dias com três oficiais, num bordel disfarçado. Bebíamos o dia inteiro e as partidas sucessivas já haviam me levado uns mil escudos. É importante notar que eu apostava com crédito, sem estar de posse de tal valor. A qualquer momento seria forçado a pagar. Meus credores controlavam meus movimentos na estalagem onde guardava minha bagagem. Eles apostavam que meus bens pessoais cobririam o valor da dívida, e tinham razão. Pedi licença para dormir uma noite e voltei para meu quarto tentando imaginar uma saída. Na sala de refeições encontrei madame Toscani, uma atriz com quem eu mantivera uma relação em Paris.

Ela estava acompanhada da filha, Adriene, uma moçoila de 13 anos que passara os últimos dois ensaiando balé em Paris. Mas seu objetivo não eram os palcos. Toscani soubera que o duque de Wuertemberg colecionava jovens bailarinas que tinha prazer especial em desvirginar ao som de Mozart. Chegava a pagar cinco mil escudos por uma semana de folguedos com essas meninas, que não deveriam ter mais de 14 anos. Preveni Toscani que chegavam candidatas de todas as grandes cidades da Europa, candidatas a se entregarem ao duque, mas o acesso não era simples. Eu poderia fazer a mediação porque havia sido apresentado ao mandatário de Wuertemberg. Ela me olhou desconfiada. Por que faria tal favor a elas? Ora, precisava que as duas me auxiliassem a escapar dali. Sairiam com meus pertences. Eu deixaria as bagagens cheias de pedras para os rapineiros que desejavam me espoliar. Mesmo essa explicação não tranqüilizou Toscani, que temia que eu avançasse sobre a menina. Garanti-lhe que não, mas desejava me certificar de que, de fato, Adriene era pura. Fomos para o quarto e a menina se despiu. Era uma das mais belas crianças que meus olhos haviam encontrado. Examinei sua pequena vulva sem pêlos e invejei o duque que a teria para si. Naquela noite, Toscani me consolou, enquanto a menina assistia ao lado. Sua mãe queria que a menina observasse como um homem experiente trata uma mulher.

A CAMINHO DE WUERTEMBERG

Durante a noite, passei meus pertences para o quarto de Toscani. Suas malas atulhadas não deram conta da nova carga e precisamos desfazer-nos de parte de seu guarda-roupa, para que também coubesse o meu. Fiquei de reembolsá-la num futuro próximo. Na manhã seguinte elas partiram e eu saí por uma janela dos fundos, enfiando meus pés na lama durante a operação. Um coche me esperava e eu logo estava longe de Stuttgart. Ao nos reencontrarmos em Wuertemberg, prometi pedir audiência com o duque. Eu, na verdade, mal o conhecera e mais sabia sobre sua fama de aliciador à base de dinheiro, uma forma fácil de conquista. Ardia em mim a inveja dele em poder usufruir daquela carne fresca apenas acenando com uma bolsa de ouro. Mas... a vida. Eu precisava cumprir minha parte do acordo. Estava certo de que após a semana em que seria desvirginada, eu poderia usufruir de Adriene. Apresentei-me no palácio majestoso, mantido pelo duque com as rendas advindas de dez mil mercenários, trabalhando para seus aliados em toda a Europa. Utilizei duas cartas de apresentação. Uma de Luís XV, inteiramente falsa, e outra do papa, que era verídica. Descobri com antecedência qual janela se abria para o parque, no local do encontro. Havia um jardim em frente e combinei com mãe e filha. Elas passeariam ali, durante todo o período do encontro. Fui recebido duas horas depois pelo simpático conde, um tanto bonachão e de bem com a vida. Ele tinha razão para tanto. Fui direto ao assunto. Falei que minha irmã, Toscani, preparara a filha mais nova para ser bailarina. Faltavam-lhe oito mil escudos para sustentar a educação da jovem durante cinco anos em Paris. Ele sorriu, entendendo de imediato, e foi tão franco quanto eu. Havia filas de meninas interessadas em seu apoio. Interrompi-o, caminhando até a janela. Abri-a e lá estavam as duas, sob a luz matutina. Convidei-o a admirar o que lhe era oferecido. Ficamos ambos observando os movimentos de Adriene, enquanto brincava com os cachos da mãe. O duque ficou sério, repentinamente. Olhou-me nos olhos e perguntou se eu afiançava o seu comportamento. Era comum pagar por alguma menina que se punha a chorar na hora do sacrifício, estragando parte do prazer. Acrescentou que havia quem gostasse da prática do estupro, mas não era o caso dele. Quase falei que tudo era uma questão de jeito. Eu havia desvirginado pelo menos uma centena de meninas e nunca percebera constrangimento. Mas preferi dar minha palavra e afiançar o desempenho da filha de Toscani. Ele afirmou que, mesmo assim, condicionaria metade do pagamento ao comportamento da menina na primeira noite. Aceitei. Quatro mil estavam garantidos. O encontro ficou marcado para dentro de dois dias. Ela ficaria em sua alcova nas primeiras vinte e quatro horas.

Preparativos

Toscani exultou com a notícia e nos hospedamos na melhor estalagem do condado. Ficamos acomodados no mesmo quarto, como uma verdadeira família. Contei sobre as exigências do aristocrata e pedi para prepará-la. Toscani não quis sair de perto, temendo que eu pusesse tudo a perder. Despi a menina e a enchi de carinhos durante horas. Queria que se acostumasse a mãos e lábios masculinos. Eu mesmo cheguei ao êxtase várias vezes manipulando Adriene. Sua mãe me recompensou depois. No dia seguinte, repetimos a operação. Eu estava apaixonado pela pequena Adriene e tomado de inveja pela sorte do conde. No dia marcado levei-a até o palácio e fomos recebidos pelo senhor de Wuertemberg. Sorriu quando pôs os olhos sobre a menina, aproximou-se, acariciou seus cabelos, suspirou, levantou a saia de Adriene e enfiou a cabeça entre suas pernas. Ela me olhou, aflita. Fiz uma careta, querendo dizer que era preciso aturar toda a cerimônia. Sob panos, usando os dedos e a língua, o conde conferia a virgindade da filha de Toscani. Enfim, deu-se por satisfeito. Apanhou um saco de moedas sobre a mesa e jogou para mim. Aparei no ar os quatro mil escudos. Ele conduziu a menina pelo braço para a sua alcova. Ignorou minha presença. Se eu ficasse ali, provavelmente a possuiria em minha frente. Saí, porta afora, cheio de sentimentos pesados: ciúme, inveja, impotência. Encontrei Toscani no quarto e lhe dei o dinheiro. Ela quis me levar para a cama, mas a ignorei. Desci para uma taberna e bebi vinho até me embriagar.

Amor ou estupor?

A semana que Adriene passaria junto ao conde escorreu lentamente, como sangramento de pequena ferida que não cicatriza. Eu não sabia de fato o que estava fazendo naquele reino minúsculo nem o que faria quando ela saísse de seu confinamento amoroso, mas alguma coisa me mantinha ali, esperando. Toscani notou minha tensão e me inquiriu. Respondi sinceramente: eu estava apaixonado pela menina. Queria tê-la, pelo menos pelo tempo que o conde a possuiu. A atriz denunciou, com razão, ser apenas um capricho o meu desejo. Concordei com ela. Então Toscani completou sua investida perguntando o que a filha e ela ganhariam com isso. Bem, eis uma questão. Argumentei que conhecia nobres de várias cidades, homens poderosos que recompensam generosamente uma cortesã jovem e experiente. Eu poderia fazer uma intermediação sem preço, desde que durante nossa viagem Adriene permanecesse como minha amante entre seus clientes caros.

Toscani achou razoável a proposta, desde que eu garantisse um retorno mínimo de cinqüenta mil escudos no prazo de três meses. Era uma negociadora decidida. Completou que com esse valor sua filha poderia abandonar a atividade de cortesã e se dedicar ao balé. Concordei com ela para encerrar o assunto, mas minha experiência dizia que essa vida não se abandona assim tão fácil. Quando fazia uma semana, na sexta-feira, fui buscar a minha amada no palácio. Ela estava à minha espera, sentada numa ante-sala. Na mão carregava um saco com os outros quatro mil escudos, a prova que se comportara de acordo. Descemos as escadas juntos e entramos no coche. Eu estava doido de desejo por Adriene. Mas não podia avançar sobre ela. Confessei que a queria como amante, imediatamente. Ela sorriu um pouco triste e disse que preferia ficar só por duas noites. Senti-me calhorda ao supor que ela poderia ter qualquer desejo após uma semana de entrega, e eu queria que nosso encontro fosse de prazer para ambos. Desculpei-me, dizendo que a procuraria em Paris. Na manhã seguinte, partimos.

Rumo aos negócios

Em Paris eu conhecia pelo menos meia dúzia de clientes certos para Adriene. Hospedamo-nos em quartos separados. Eu e a menina ficamos juntos. Por mais profissional que Toscani fosse, não deixava de ter algum ciúme da filha, afinal, há cinco anos eu seduzira a atriz num longo cerco, quando ela estrelava uma comédia em Milão. Estando consciente do fato, não deixei de procurá-la, dividindo meus carinhos entre ambas. Adriene tinha um talento inato para o amor carnal. Faria uma carreira brilhante na prostituição. Após o terceiro dia de lua-de-mel resolvi dedicar-me aos negócios. Mirei primeiro um comerciante muito rico de quem eu conhecia a fama de colecionador de conquistas. Ele precisava sentir-se ganhando a mulher desejada, mesmo que, ao fim, despendesse grandes somas para possuí-la. Treinei Adriene para lançar a isca. Um sorriso maroto, quando eu estivesse com atenção em outro ponto, faria Jules crer que poderia tomá-la de mim. Isso aumentaria o seu desejo. Visitaríamos a sua principal loja em Paris, na qual recebia os ricos que iam adquirir tapetes e outras peças caras para suas vivendas. Assim fizemos. Adriene foi magnificamente composta pela mãe, num vestido de veludo vermelho que acentuava no decote os seios deliciosos de menina. Caminhei pelos corredores da loja levando-a pelo braço, enquanto ela distribuía sorrisos que encantava clientes, especialmente os homens. Finalmente encontramos Jules e a apresentei como minha sobrinha, o que em linguagem de lúbricos significa: minha jovem amante. Vi a excitação envolver o homem. Ficou à nossa volta mostrando objetos, explicando detalhes. Meu papel era o de parecer o mais protetor possível, para que ela aproveitasse uma escapada de olhar e aplicasse o sorriso que o colocaria ao nosso dispor. Embora eu não tenha assistido a esse momento, pude ver suas conseqüências. Jules pediu o endereço da menina para enviar um pequeno jarro de cristal que a agradara. Era um presente. Ele precisava de um gancho e eu tenho a certeza de que daquele momento em diante só pensou nela, nos seios palpitantes, nos quadris se abrindo, mais largos abaixo da cintura estreita. Uma dama alinhada veio entregar a prenda no dia seguinte. Devia ser a aliciadora de confiança de Jules. Ela deu um jeito de ficar a sós com Adriene e lhe propôs um encontro com o comerciante. Conforme minhas instruções, a menina sugeriu que era minha cativa. Havia uma dívida impedindo a sua livre circulação. Apenas dois dias se passaram até que a mesma mulher veio resgatá-la. A facilidade com que caiu na cilada me fez dobrar o valor da recompensa. Ele pagou vinte mil escudos em ouro para que Adriane fosse sua hóspede por um mês na sua *maison de champagne*. Cobrei um ágio de cinco mil escudos e dei o restante a Toscani. Ficamos circulando por Paris. Enquanto eu arriscava a sorte em algumas boas mesas de carteado, a atriz procurava um lugar permanente para as duas ficarem. Mas eu ainda ardia de paixão. Precisava esquecer que a menina servia aos caprichos daquele comerciante grosseiro. O mês se passou e surgiu a necessidade de encontrar novos clientes. Fiquei dois dias na cama com Adriene e pude averiguar que ela se tornava mais experiente a cada cliente. Era quase impossível crer que só pertencera a três homens naqueles dois meses. Resolvi atacar a corte. Quem sabe não a ofereceria ao próprio imperador. O inconveniente é que ele não pagava diretamente suas concubinas, prejudicando os intermediários.

De olho no ouro
de Versalhes

Era preciso criar um mito em torno de Adriene. Os nobres adoram mistificações reluzentes. Separei quinhentos escudos apenas para gratificações que seriam distribuídas aos aduladores palacianos. A menina falava um francês duro, que Toscani lhe ensinara. Expressões populares do italiano se misturavam em seu vocabulário. Fiquei dois dias inteiros fazendo-a decorar algumas palavras em russo e outras em árabe. Termos vagos, fora de contexto, que dariam ao seu linguajar uma textura estranha. Inventei um passado. Era filha de uma concubina do príncipe Rudolf que fora treinada no harém do sultão Hassam Abid para se tornar a mais perfeita cortesã que o vasto mundo conhecera. Mas o aventureiro Casanova a havia raptado do sultanato e a estava repassando pela soma vil de cem mil escudos. Era muito dinheiro, mas, na corte, saqueadores de terras estrangeiras poderiam dispor daquela soma sem que se abalassem.

Paguei para que o boato corresse a corte de Luís XV. Ela só surgiria em festa da nobreza dentro de um mês, para que a imaginação e a falta de assunto criassem a devida expectativa. Aperfeiçoando ainda mais o lançamento de Adriene na corte, contratei um pintor que a retratou nua, lânguida, despudorada, aguardando aquele que a resgataria. Fiz o quadro circular em alguns salões privilegiados. O burburinho que provocou me fazia crer que o plano ia bem. Contava com a sorte para não encontrar algum de seus amantes anteriores, mas sabia que Jules, o comerciante, tinha pouco acesso a Versalhes e o conde vinha pouco a Paris. Consegui incluí-la entre as "novas para o imperador", que eram uma espécie de diversão para Sua Majestade apreciar, entre o que de melhor surgia na corte. Ensinei-a a se curvar, sorrir e abaixar os olhos quando fosse olhada diretamente pelo rei. Durante essa cerimônia mostravam-se pequenos cães, anomalias, algum anão das Américas ou da África, especialmente deformado, e belas meninas que visitavam a corte. À boca pequena os interessados haviam sido prevenidos que eu estava oferecendo a jovem cortesã. Eu era pouco conhecido da aristocracia francesa, mas entre os que me identificavam havia quatro ou cinco inimigos. Nobres de quem eu tomara altas somas no carteado ou casados com mulheres que haviam me cedido espaço em seus leitos. Eu tinha certeza de que esses me difamariam se encontrassem espaço para tanto. Novamente, contava com a sorte para passar incólume por eles. Em nossa combinação, Adriene deveria atender ao seu novo proprietário por uns três meses. Ao fim desse prazo eles costumavam cansar-se de suas cortesãs e as dispensavam, ou pelo menos não reclamavam se elas sumissem de sua vista.

O CLIENTE

Adriene foi perfeita em sua apresentação na corte. Deixou todos encantados e o próprio imperador agarrou sua bochecha e lhe fez um agrado. Madame de Pompadour estava próxima, o que foi bom, porque se ele se encantasse ao ponto de querer tomar a minha menina, eu jamais veria o ouro. A recepção durou muitas horas, pulsante, e vários candidatos se aproximaram de Adriene. Tínhamos uma combinação. Eu mexeria no penacho de meu chapéu quando surgisse um cliente com as características que nos interessavam. Muitos anos entre a aristocracia de várias cidades me fizeram observador experiente. Homens demasiado jovens não pagariam tal soma, os muito velhos também não. Quase caía a tarde quando o arquiduque Blanchot pôs os olhos sobre ela. Eu não tinha a sua ficha completa, não era rato de bordel, como muitos outros nobres, mas seu olhar sobre Adriene revelou que faria tudo para consegui-la. Era muito rico e freqüentava o círculo mais íntimo do imperador. Devia rondar os 50 anos, mas era homem forte e determinado. Sorriu e fez alguns elogios ao encanto de minha representada, depois se afastou. Um de seus auxiliares me chamou para uma conversa reservada. Ordenei a Adriene que não se afastasse daquele ponto do jardim e fui ter com Blanchot. Encontramo-nos num pequeno salão privado, cedido pelo palácio. Blanchot dispensou seu criado e quando sentei, indicando a poltrona ao lado para que fizesse o mesmo, declinou. Olhou em meus olhos e disse que daquele dia em diante ficaria com a menina, em pagamento de uma dívida que um seu auxiliar contraíra durante um carteado. Sorri apenas. Ele endureceu a fisionomia e me avisou que qualquer tentativa de resistência poderia resultar na minha morte. Dei dois passos para trás e empunhei o florete. Ele saiu em direção à porta, então se voltou dizendo que não sujaria sua espada com o sangue de um sibarita como eu. Avancei para golpeá-lo, mas havia vencido o vão da porta e por ela entraram dois de seus vassalos de arma em punho. Ciente do que estava para acontecer, parti para cima dos dois. Eram esgrimistas pouco treinados. Poderia ter vitimado pelo menos um deles com facilidade, mas enquanto duelava, pensava também. Qual seria meu destino se matasse um homem do duque dentro de Versalhes? Fui conduzindo a troca de golpes de forma que pudesse sair porta afora, mas a operação demorou alguns minutos. Consegui decepar parte da orelha de um deles, que fugiu do combate. O outro atacava e fugia. Finalmente, saí para o jardim e corri para encontrar Adriene. Mas ela havia sido levada pelo conde. Ele a seqüestrou e não havia nada que eu pudesse fazer. Senti-me derrotado. Caminhei com passos de chumbo até o coche. Ele a usaria pelo tempo que desejasse e a soltaria quando bem entendesse, se não a vendesse para alguém. Cheguei à hospedagem e contei para Toscani. Ela me disse: "Tu és o responsável!" Depois me mandou sair de seu quarto.

Semelhante ao vício

Bem, padre, se estamos num ato de confissão, é de pecados que se trata, correto? Qual o pior de todos? O senhor é capaz de me dizer? Serão os chamados "mortais"? E, por fim, qual o peso do pecado que se pratica sem saber? Pense nisso enquanto lhe narro minha ida a Roma para o Carnaval. Após uma temporada ruim em Paris, retornei secretamente a Veneza e procurei Dal Primevo, meu pai adotivo. Recebeu-me carinhosamente e o afaguei durante três dias, ao fim dos quais lhe pedi dois mil cequins adiantados, por conta da herança que me prometera incluir em seu testamento. Não titubeou em abrir a bolsa e parti para o Carnaval de Roma na melhor condição. A festa transforma a cidade há vários séculos. Aluguei um coche aberto, conhecido como landó. Cabem quatro pessoas confortavelmente sentadas e é possível apreciar a farra das ruas e cumprimentar o povo que se põe nas janelas, assim como galantear as belas mulheres sentadas nos bares ao ar livre.

Mascarado e sob vestes de polichinelo, desfilei elegante junto ao corso que se dirigia às colunas de Trajano. Apenas eu e o cocheiro no landó éramos alvo perfeito para as mulheres públicas e também para as diletantes que buscam aventura no Carnaval. Logo três jovens lépidas e bem torneadas aceitaram meu convite e embarcaram. Usavam máscaras, sob as quais fui querendo espiar, para dirigir minhas atenções à que mais me cativasse. Usando o recurso de pedir um beijo, fui desvendando uma a uma, quando também inquiria sobre o nome. Nenhuma era criatura pavorosa, salvas também pela juventude que as protegia. Estavam entre os 16 e os 20 anos. Eram Carmela, Paolina e Leoni, sendo que essa última me cativou especialmente, com seu olhar alegre e boquinha carnuda. Aconcheguei-a junto a mim e ela resistiu um pouco, o que só aumentou a sua graça. Jogamos confetes no povo e recebemos cargas de guloseimas que voavam das janelas. Tudo transe e alegria. À meia-noite os canhões do forte de Santo Ângelo anunciaram o encerramento da festa de rua. Logo o corso se desfez e a multidão se dispersou, enchendo os teatros e os bares. Convidei minhas novas amigas para a ceia de Lorde Lismore. Esse nobre havia fechado toda uma ala de restaurante para festejar com os amigos. Fui recebido com todo o carinho e logo estávamos acomodados entre clérigos efeminados e castrados de opereta. Outras mulheres e amigos do anfitrião também ocupavam a mesa do aristocrata inglês. Eram servidos, generosamente, o melhor vinho e as mais finas iguarias. As horas passavam e todos foram se embriagando completamente. As meninas que chegaram comigo se mostraram as mais comedidas e eu mesmo me resguardava, porque ainda pretendia atender a Leoni naquela mesma noite. Apesar de estarmos num restaurante, e embora ocupando o reservado, logo foi possível assistir a cenas de orgia. Trios compostos de invertido, mulher e homem se lambiam expondo suas partes e ausentes do ambiente comum. Aquilo me incomodava um pouco. Leoni me confidenciou que suas amigas não estavam à vontade e me ofereci para levá-las para casa. Levei uma garrafa de vinho para o nosso cocheiro, que aguardava sonolento o nosso retorno. Enquanto o coche balançava pelas ruas de Roma convidei a minha desejada para permanecer comigo naquela noite. Vi que era seu gosto, mas algo se interpunha. Adivinhei que tinha hora marcada e sugeri que as amigas lhe dessem cobertura. Todas riram muito e acharam a idéia ótima. Paramos a alguma distância do prédio em que Leoni vivia com a mãe. Ela e Carmela foram mentir que dormiriam na casa da prima. Não me pareceu que fazia isso pela primeira vez. Logo deixamos as outras e ficamos sós. O cocheiro deixou-nos em minha estalagem e Leoni se entregou aos meus braços sem reservas. Tivemos uma incrível sintonia. Era como se fôssemos uma mesma carne. A menina, que não tinha nem 16 anos, resistiu a uma noite intensa de amor. No dia seguinte a deixei próximo a sua casa com a promessa de que a veria novamente.

O DUPLO AMOR

Aluguei um belo cavalo para o segundo dia de Carnaval e desfilava entre a chusma enlouquecida. Alguns emendando o porre do dia anterior àquele que se iniciava. Vi Lorde Lismore sentado diante de uma taça de anis, desmontei e fui cumprimentá-lo. Agradeci a receptividade da noite anterior e o cumprimentei pela fortuna que ele recebera de herança. Sorriu e me revelou a incrível realidade. Herdara apenas dívidas e logo teria que fugir de Roma. Confessou que a noite anterior fora coberta inteiramente por uma suposta carta de crédito que lhe chegaria de Paris. Senti-me menos só entre os aventureiros. Bebi um café e me despedi. Dois dias depois, toda a Roma comentava a fuga do inglês. Deixara dívidas em restaurantes, estalagens e até em bordéis. Eu precisava rever Leoni. Mascarado e montado, parei em frente a sua casa e aguardei. Os desatinos do Carnaval passavam ao meu lado e havia mulheres disponíveis em abundância. Mas eu queria a minha menina. Achei que ela estivesse em casa, porque era cedo. Nem oito horas da noite. De súbito, eis que a porta se abre e ela sai à rua acompanhada de outra mulher, mais velha. Não me reconheceu em nova vestimenta: capa vermelha e camisa de seda em losangos, um semi-arlequim. Trocara a máscara que cobria metade do meu rosto. Tímida, possivelmente com a mãe, não olhou para o homem montado que a esperava. Gritei por seu nome e ambas se voltaram. O rosto da mulher que a acompanhava não me era estranho; mais ainda, eu a conhecia bem demais. Ergui a máscara e Leoni deu um gritinho, feliz. Mas quem lembrou meu nome foi a outra, Lucrécia. Apenas segundos para que eu a localizasse nos arquivos de minha mente. Fora minha amante há muitos anos. Desmontei e elas se aproximaram. Leoni avançou e me abraçou, sem constrangimento. Senti Lucrécia empalidecer. Vi aflorar em seus lábios alguma palavra engolida no momento seguinte. Adivinhei o que a ela ocorrera. Leoni era minha filha. Fui apresentado para sua mãe pela minha doce menina. Engraçado, minha angústia era maior pelo choque que Lucrécia sofreu. Resolvi acalmá-la, mentindo. Aproximei-me e sussurrei que se tranqüilizasse, sua filha estava em boas mãos e nada sofreria. Respirou aliviada. Pedi licença para raptar sua filha. Prometi entregá-la em casa logo mais. Ela compreendeu que era melhor que Leoni não soubesse de nosso antigo relacionamento. Montei e ergui a minha menina para sentá-la na sela, comigo. Logo estávamos longe. Leoni declarou sua surpresa com a tranqüilidade da mãe ao vê-la partir com um quase estranho. Eu estava apaixonado por minha filha, era parte da minha carne. Havíamos tido uma relação incestuosa algumas horas antes. Estava claro que Lucrécia não lhe revelara que ela era filha de Casanova. Na época, estava casada com aquele de quem a menina deve achar que é filha. Leoni nascera de uma relação adúltera e se tornara amante do pai. Era muito peso para uma jovem. Mas o tabu do incesto, divulgado e alimentado pela Igreja, baseado nas superstições bíblicas, não tinha nenhum valor para mim. Eu apenas não queria que ela engravidasse, era preciso ter esse cuidado, além de impedir que ela soubesse de nosso laço familiar. Trotávamos entre os foliões e ela virou a cabeça, me oferecendo os lábios. Aceitei o carinho, enlouquecido de paixão. Dirigi a montaria no caminho de minha pousada. Entramos no quarto derrotados pelo desejo. Amei-a até a meia-noite. Pecado, padre? Com certeza, para os padrões de Deus.

O EQUILÍBRIO IMPERFEITO

Convenci Leoni a esconder da mãe nosso encontro amoroso. Disse-lhe que conhecera sua mãe em outros tempos e quase havia ocorrido algo entre nós, mas apenas quase. Era razoável não fazê-la sofrer. Eu voltaria para Veneza logo após o Carnaval, mas ela poderia me visitar, prometi-lhe. Entramos em casa logo depois da meia-noite. Lucrécia estava a nossa espera. Fiz mesuras e elogios à beleza de sua filha. Lembrei como nos conhecêramos tantos anos antes, para que ela percebesse o que eu havia dito a Leoni, e antes que a conversa tomasse outros rumos, parti. Confesso que naquela noite demorei a dormir pensando nos possíveis desdobramentos que o caso poderia tomar. Eu não estava errado em minhas preocupações, porque logo pela manhã Lucrécia apareceu em minha porta. Lembrei que eu sempre ficava na mesma pousada e que Leoni, possivelmente, fora gerada ali. Seu semblante estava carregado e ela aspirou forte logo que entrou no quarto. Denunciou que a filha estivera ali, ainda havia o seu perfume no ar. Falei que de fato Leoni viera até a pousada, mas apenas porque eu precisava apanhar mais dinheiro. Não ficou convencida. Achava-me bem capaz de corromper a própria filha. Senti ondas de ciúme, mais do que de indignação moral. Ainda era uma mulher interessante, com busto e quadris espessos e firmes. Leoni não os herdara, era fisicamente menor. Lembrei que eu sumira de sua vida, e eu agora sabia que a deixara grávida. Estava muito apaixonada, talvez ainda houvesse um tanto daquele calor entre suas pernas. Puxei-a para mim e a beijei. Fingiu desdém, depois relaxou e juntou seu corpo ao meu. Fomos para a cama com o furor de amantes que se reencontram ainda cheios de desejo. Ficamos nos amando até o início da tarde. Temi que nossa filha batesse à porta. Comecei a achar que era hora de partir. Mas havia o último dia de Carnaval e eu ainda estava muito apaixonado por Leoni. Convidei Lucrécia para almoçarmos na Piazza San Pietro. Ela parecia haver esquecido os episódios anteriores e a possibilidade de que eu fosse amante de Leoni. O amor é fútil.

Adeus, filha querida

A refeição acompanhada de um bom vinho e em seguida de outros aperitivos no meio da confusão carnavalesca foram levando Lucrécia a uma rápida alteração alcoólica. Logo precisei levá-la para casa. Leoni estava lá e me ajudou a colocar sua mãe na cama. Expliquei que ela me procurara, preocupada com nossa relação, mas que agora estava tranqüila, embora bêbada. Enquanto eu dizia isso, no quarto ao lado ouvimos os gemidos de Lucrécia. "Precisamos ajudá-la a jogar para fora toda a refeição para então poder dormir profundamente." Leoni me ofereceu um café e ao me servir beijou meu pescoço. Não resisti e a agarrei de novo. Fomos para o seu quarto e nos amamos durante horas. Depois conversamos, nus e deitados. Ela me contou que perdera o pai há dois anos, e que fora iludida por um possível noivo que sumira no dia seguinte. Disse-lhe que é melhor perder um amante do que ganhar um mau marido. Ela sorriu. Eu disse que estava indo embora na manhã seguinte. Ela me abraçou mais forte. Falei que tinha idade para ser seu pai. Argumentou que pouco importava. Convidei-a para me visitar em Veneza, logo que minha casa estivesse montada, e fui desfazendo seu abraço, lentamente. Parti, realmente, na manhã seguinte. É isso, padre. Esse está entre meus maiores pecados, não haver dito para ela que era seu pai e que poderia ser seu amante ou seu esposo, até? Por que não? O que a ciência diz a respeito? Eu não sei.

O PECADO DA PRESUNÇÃO

Nem todo erro é pecado, mas toda presunção o é. Essa formulação dita assim pode parecer complicada, mas eu explico, padre... Minha vida foi dedicada em primeiro lugar aos prazeres do espírito e da carne. Entre os primeiros esteve a literatura. Li e escrevi durante toda a minha vida, assim como fui crítico de meus escritos e do que foi produzido por meus contemporâneos. Um dia, houve a oportunidade de conhecer Voltaire e eu não a desperdicei. Viajei até Genebra, onde vivia o grande escritor, apenas para poder vê-lo e ouvi-lo. Sua casa era freqüentada pelos seus admiradores e ele, de certa forma, gostava desse estado de coisas. Eu tinha uma velha queixa de Voltaire. Ele desancara o poeta italiano Ariosto, o autor de *Orlando, furioso*. Mas durante a minha estada ali, penitenciou-se dizendo que o lera na juventude, e em italiano, o que prejudicou sua compreensão. Anos depois, conseguiu perceber a riqueza dos versos. Conversamos durante horas e o grande mestre elucidou-me sobre o valor da sátira e os preconceitos que a acompanham. Mas o maior benefício que eu poderia ter extraído de nossa conversa foi quando comentei com ele sobre minha intenção de escrever minhas memórias e ele me aconselhou que não. Sua objeção se resumiu à simples observação de que ninguém fala mal de si mesmo. E eu não o atendi. Estou, de fato, deixando as lembranças de minha vida escritas, e talvez seja por elas lembrado dentro de muitos séculos. Esse é um pecado intransponível, padre. Não consegui falar mal de mim mesmo. Que nessa confissão eu me penitencie.

O HORROR E O PRAZER

Se em algum momento de minha vida pequei contra a ordem espiritual do mundo, foi durante a execução de Damiens, que atentara contra a vida de Luís XV, sem contudo lograr êxito. Eu estava casualmente em Paris, em janeiro de 1757, quando o fato ocorreu. Logo, toda a cidade sabia do atentado e do suplício que o homem sofreria em praça pública. Incendiou-se a imaginação pública e todos queriam assistir ao espetáculo de horror. Os detalhes da tortura a que o terrorista seria submetido eram discutidos nos dias que antecederam o evento. Ele seria esquartejado por ação de cavalos, que, amarrados aos seus membros, os arrancariam em quatro direções. Difícil imaginar forma mais cruel e dolorosa de executar um malfeitor. Mas era preciso dar o exemplo, para que ninguém mais atentasse contra o imperador. O esquartejamento e a queima posterior do que restaria do réu teriam lugar na praça de Grève. Ora, o espetáculo aquecia, metaforicamente, as mentes da maioria dos parisienses. Por aqueles dias eu fazia a corte a uma bela dama de nome Nicole e meu amigo Tiretta cercava a irmã desta, Tèrese. Viviam as duas com uma tia jovem e bela também, de formas cheias e semblante vigoroso, chamada Liza. Estávamos jantando com as três num restaurante à beira do rio Sena quando veio à baila o suplício de Damiens. Notei o interesse das damas e resolvi fazer suas vontades, para aumentar nosso prestígio com elas. Sugeri que assistíssemos à execução de uma varanda que eu alugara de frente para a praça. Na verdade, ainda não o havia feito, mas creio que com dinheiro tudo se consegue e dei como certo que haveria um local à nossa espera. Todas ficaram excitadas e combinei de apanhá-las em casa no dia seguinte. Tiretta acrescentou que levaria o champanhe. Logo pedi licença e fui em busca da tal varanda. Consegui-a por três luíses. A janela não era grande o suficiente para que ficássemos os cinco lado a lado, e quando chegamos lá sugerimos que as damas ficassem na frente, enquanto nós assistiríamos por trás, compensados por nossa altura. A coisa toda custou a acontecer e os gritos eram pavorosos. Embaladas pelo vinho, elas chegaram a um grau de excitação extraordinário, como eu nunca havia presenciado. Foi Tiretta quem começou a libertinagem, mergulhando sob as saias de Tèrese. Aproveitei a iniciativa e ergui as vestes de minha amada Nicole. Ambas gemiam enquanto nós as penetrávamos e os gritos do torturado faziam eco àquela orgia singular. Quando nossa festinha já durava bem uma hora, Liza resolveu reclamar, perguntando se a pouca vergonha iria continuar por muito tempo. Imaginei que seu protesto era mais movido pelo despeito do que pela moral e também ergui sua saia. Tentou resistir, mas logo a penetrei e seus gritos se confundiram com os que vinham de Damiens. Nicole olhou-me com alguma censura, mas compreendeu que era necessário atender a sua adorável tia. Ao notar que eu estava com Liza, Tiretta deixou sua Tèrese e mergulhou nas carnes de minha querida. Entre reclamar e aderir, decidi experimentar a sua doce menina e avancei sobre Tèrese. É interessante observar que em nenhum momento elas mudaram de posição, continuaram apoiadas no parapeito da janela assistindo ao horror. Ficamos nesse revezamento delicioso por umas três horas. Soubemos depois que em outras varandas ocorreu orgia semelhante. Algum estudo talvez se possa fazer sobre os atrativos eróticos da perversão física. Quando estávamos a caminho de casa, Liza resolveu fazer-se de ofendida por nosso comportamento. Eu disse-lhe que não se deve reclamar da sorte quando o prazer é encontrado. Ela não respondeu nada, mas permaneceu com o cenho franzido. Alguns dias depois voltamos à casa das moças e tanto eu quanto Tiretta ficamos com nossas namoradas, mas levamos uma braçada de rosas para a tia. Aproveitei e lhe roubei um beijo. Informei-lhe que havia adorado estar com ela no dia do suplício e avisei que se deixasse a porta de seu quarto apenas encostada eu poderia fazer-lhe uma visita na madrugada. Realmente a procurei e a porta não estava trancada. Ela fingiu que dormia protegida apenas por uma fina camisola. Mergulhei entre suas pernas e logo ela gemia. Voltei para o quarto de Nicole quando o dia estava amanhecendo, mas para minha surpresa Tiretta se divertia com minha namorada. Fui para a alcova de Tèrese e vimos a luz chegar sob beijos e carícias. Como meu amigo também era um rapaz de posses, combinei com ele que deixaríamos uma quantia para ajudar nas despesas sempre que visitássemos as moças. Assim se constituiu durante alguns meses uma agradável relação múltipla com tia e duas sobrinhas. Trocávamos de quarto durante toda a noite e éramos submetidos a uma agradável exaustão. Tèrese sugeriu que mudássemos para a casa delas, constituindo assim uma comunidade deveras interessante. Seria algo como um casamento coletivo, mas eu e Tiretta resolvemos não aprofundar aquele acerto, levando em conta que se ter uma esposa é um problema, manter três deve ser um problema bem maior. Algumas semanas depois viajei para Hamburgo, mas o pecado do prazer conseguido durante o suplício ficou bem registrado em minha memória.

A serviço da Coroa

Para pecar basta estar vivo, concorda, padre? Pois bem, fui induzido ao erro quando trabalhei para o rei. Fui chamado para atuar como espião das Forças Navais de França. Sabiam que tinha largo trânsito junto a nobres e militares e que poderia levantar informações sobre a qualidade dos armamentos nos barcos e preparo geral da Marinha. Meu contato era um padre que chefiava o serviço de espionagem da corte. Viajei para Dunquerque, onde boa parte da frota estava ancorada. Há uma forma fácil e rápida de se conhecer as principais pessoas de uma comunidade: jogando. Nas mesas de carteado, assim como nos bordéis, encontramos os homens que controlam a sociedade. Consegui entrar numa roda de oficiais da Marinha e logo minha companhia era disputada. Eu tinha uma conversa agradável e não perdia a calma quando não dava sorte no jogo. Duas qualidades fundamentais. As rodas de jogo nas naves de combate eram de cacife mais alto, mas apenas oficiais participavam delas. Contei que havia servido durante muitos anos na Marinha de Veneza e, para dar um colorido realista, discorri sobre técnicas militares, todas inventadas, mas que fizeram o maior sucesso entre os homens da Marinha. Ao entrar nos barcos para jogar, pude fazer um levantamento precioso sobre as possibilidades bélicas dos franceses. Além de jogatina, havia prática de prostituição e alcoolismo nos navios. Uma grande farra protegida pela bandeira do imperador. Tudo corria a contento até eu conhecer Juliette. Era menina de não mais que uns 15 anos, que ela não admitia. Fazia-se passar por 18. Mas seu talento para o amor se impunha. Bem, conheci-a por intermédio de madame Cleci, uma cafetina parisiense que atendia a oficialidade. As mulheres, todas muito jovens, chegavam vestidas de marinheiro num veleiro menor e desembarcavam nas próprias belonaves, sem tocar o pé em terra. Era questão de segurança, pois a pequena Dunquerque se horrorizaria ao descobrir a farra em que viviam os seus defensores militares. Bem, Juliette, vestida de marinheiro, era ainda mais graciosa. Ela chegou junto a um grupo de umas dez moças que vieram passar o fim de semana embarcadas. Caí sobre ela com toda a vontade que a paixão reúne e fui bem aceito. Mas Cleci não gostou. Juliette estava encomendada para um capitão que só chegaria no dia seguinte. Ela não fez rodeios em me dizer que deveria ceder a linda menina quando o tal homem chegasse. Eu disse-lhe que até poderia pensar nisso, mas a forma com que me abordara tinha me parecido impertinente, e uma cafetina deveria ter educação ao tratar com seus clientes. Juliette estava presente ao nosso áspero diálogo e riu de Cleci, que se retirou, indignada. Minhas amizades entre os oficiais renderam uma excelente cabine e me tranquei com a deliciosa menina. A farra continuou muito aquecida, com ceia servida à meia-noite, fornecida pelo melhor restaurante da cidade.

Excelente champanhe, jogos de azar e boas mulheres levam os homens a baixar a guarda. Depois que Juliette desmaiou em minha cabine, pude fazer um levantamento detalhado do tipo de armamento do navio e de suas defesas. Ao retornar para a cama encontrei Cleci em frente à cabine que eu trancara. Queria levar Juliette para a sua companhia, segundo ela era preciso vestir a moça, porque o tal capitão que a encomendara tinha preferência por mulheres vestidas como tais. Ri de suas observações e acrescentei que ele deveria ser um tolo. É muito mais fácil despir uma marinheira. Cleci não achou graça de minha pilhéria e exigiu que eu abrisse a porta. Disse-lhe que eu estava pagando para ficar com ela até o dia seguinte e era o que iria acontecer. Essa minha última sentença a deixou furiosa, eu podia ver em seus olhos que passara a me detestar. O bom senso ensina que não se deve comprar briga com uma cafetina, mas ela também mexia com meus nervos. Virou-me as costas e se foi, indignada. Entrei na cabine. Juliette perdera o sono com os insistentes apelos de sua patroa em frente à porta. Perguntei se ela ganharia algum provento extra por estar com o tal capitão e descobri que não. O meu dinheiro era tão bom quanto o dele, então ela ficaria comigo. Uma boa briga, mas uma má idéia para quem estava ali na condição de espião.

O PECADO MAIOR

O dia seguinte amanheceu radioso. Um sábado cheio de promessas. Além de estar ao lado de uma das mais belas prostitutas que tive a sorte de encontrar na vida, ganhara nas cartas e fizera os levantamentos que me propusera a realizar. Pretendia viajar na próxima segunda-feira e reservara os dois dias seguintes inteiros para o meu divertimento. Descemos para a sala de refeições. Fiz com que Juliette se apresentasse bem desagradável, se é que isso era possível. O capitão recém-chegado estava à mesa, Cleci também. As outras mulheres haviam se mantido a distância do comitê de comando, que ainda reunia mais três oficiais. Cumprimentei o capitão, que se chamava Pierre Sempè. Dei-lhe parabéns pela belonave e lhe presenteei com uma caixa de charutos. Eu sempre carregava algumas para amaciar negociadores. Depois, lhe apresentei a questão de Juliette. Falei que estava com ela desde a noite anterior, um tanto envolvido, mas a entregaria a ele sem discutir se essa fosse a sua vontade. Declarei que me considerava um marujo seu, e que quando visitasse Veneza seria meu convidado. Pierre sorriu e disse que, de modo algum, interromperia meu idílio. Certamente, Cleci teria uma garota à altura para substituir Juliette. A cafetina respirou profundamente e disse que, sim, providenciaria uma das extras que trouxera de Paris. Antes de nos levantarmos da mesa, duas meninas vieram expor-se para o capitão Pierre, que escolheu uma ruiva alta, com jeito de camponesa. Eu ferira a autoridade de Cleci. Sabia disso. Não imaginava o quanto ela podia ser vingativa. Jogamos todo o dia, bebendo muito, e os oficiais se recolheram com suas meninas às suas cabines. Juliette me aguardava. Estava me despindo quando pressenti que a minha menina queria me dizer alguma coisa. Interroguei-a e confessou que Cleci estivera lá, mexendo em meus pertences. Abri a valise, vi que as anotações haviam sumido, além de uns duzentos luíses. Afivelei o florete à cintura e saí à procura da cafetina. Eu poderia, facilmente, perder minha cabeça se ela entregasse aquelas notas a qualquer um dos oficiais. Percorri o barco encontrando mulheres seminuas, que perambulavam de cabine em cabine, numa farra constante, patrocinada pela coroa francesa. Ouvi a voz de Cleci ordenando qualquer coisa a uma de suas contratadas, com sua voz cheia de soberba. A porta estava entreaberta e ela assistia a uma das meninas depilando-se, certamente satisfazendo algum capricho masculino. Agarrei Cleci pela cintura e a ergui no ar. Seus gritos se confundiram com o burburinho geral. O tempo mudara e o navio balançava bastante. Encostei-a numa saliência do contraforte do casco e exigi que me devolvesse o dinheiro e as anotações. Riu, sarcástica. Sem temer a ameaça que eu fisicamente lhe impingia, contra-atacou dizendo que queria mil coroas de ouro para não me denunciar como espião. Não era tola, de modo algum, e soube avaliar o que me roubara. Dei-me conta que perderia muito de qualquer forma. Se lhe desse dinheiro, possivelmente me trairia, e eu acabaria enforcado. A tempestade aumentou, jogando e rangendo o pesado veleiro. Eu podia ver a porta que ligava o tombadilho ao convés. Decidi-me por uma saída drástica. Joguei Cleci sobre o ombro direito e caminhei para lá num esforço extremo. Não havia ninguém à vista. Abri a porta e, lutando contra o vento, caminhei até a murada. Ela gritava, adivinhando o seu destino, mas sua voz era sufocada pelo ruído do vento. Lancei a cafetina no mar agitado e voltei para baixo. Estávamos ancorados a uma boa distância da terra e seria muito improvável que ela conseguisse se salvar. Meu raciocínio era o de que ela havia escondido muito bem minhas anotações, tanto que ninguém mais encontraria. Além do mais, os papéis não tinham identificação. Sem o depoimento dela, que os encontrara entre meus pertences, eles de nada valiam. Restava Marie, a menina que me vira seqüestrar a cafetina. Voltei até a cabine. Ela estava agarrada a uma das vigas querendo vomitar. Ajudei-a a jogar para fora o que a incomodava e a levei para os meus aposentos. Minha tarefa era convencer as duas de que eu fora roubado por Cleci, havíamos brigado e ela caíra da amurada. No meio em que viviam, um roubo de duzentos luíses era caso para assassinato. Nada incomum. Prometi que as recompensaria na segunda-feira, quando a casa bancária abrisse suas portas. Marie dormiu, talvez anestesiada pelo vinho que havia circulado em abundância o tempo todo. Minha intimidade com Juliette era maior e lhe pedi para descobrir o que Marie sabia. O tempo melhorou de madrugada. Saí para deixar as duas mais à vontade. Subi para o convés, onde alguns marinheiros avaliavam os danos causados pela tempestade. Inclinei-me na amurada tentando imaginar onde o cadáver de Cleci apareceria. Depois, desci para o desjejum. Apenas eu, o capitão e mais dois oficiais estávamos a postos. Quando voltei para a cabine tive a grande surpresa. Juliette arrancou de Marie que a cafetina havia entregado a ela as anotações e o dinheiro. Ela deveria entregar ao capitão se alguma coisa lhe acontecesse. O que Cleci não calculou é que as meninas não tinham a menor simpatia por ela. Dei 75 luíses para cada uma delas por uma promessa de silêncio total. Apenas na metade do domingo cobraram a falta da cafetina. Houve uma convocação geral. A queda no mar durante a tempestade logo foi aventada e as meninas se atormentaram com a notícia, apenas porque não haveria quem as levasse de volta para casa. Ofereci-me para fazer o acompanhamento. Um barco as apanharia no final da tarde. Cobrei apenas dez luíses por cabeça pelo trabalho. Nunca voltei a Dunquerque e fiquei sem saber se algum dia o corpo de Cleci deu na praia. É provável que sim. Esse foi meu maior pecado, padre.

A VIÚVA ALTIVA

Em minha primeira temporada em Aix, há uns vinte anos, vivi um episódio que qualquer católico classificaria como pecado mortal e decadência moral. Eu não o vi assim, mas, em todo caso, coloco-o entre as faltas a confessar. Como eu disse, chegara ao balneário após um negócio em Genebra que me rendera alguns milhares de coroas de ouro. Aportei como homem rico em férias. Era de meu costume buscar contato nas rodas de jogo. Assim, logo fiz amigos. Um dos jogadores, um sujeito falastrão e bêbado chamado Achè, pediu-me dez luíses. Emprestei-os. Uma forma rápida de constituir reputação é emprestando dinheiro. Ao fim do dia convidou-me para conhecer sua família e lá fui apresentado à sua apetitosa esposa e à ainda mais desejável filha, de uns 16 anos. Passei a freqüentar a casa dele, interessado na beleza da menina. Emma, a mãe, notou a minha manobra e, enciumada por não ser o objeto de atenção, proibiu-me de visitá-la. Aceitei a afronta calado, mas durante o carteado, quando Achè me pediu novamente dinheiro, queixei-me que ele não interviera contra a decisão da esposa. Falou que ela bem fizera em impedir o meu cerco a sua filha, que procurava um marido e não um amante aventureiro. Calei-me novamente. Naquela mesma noite, quando já me devia vinte luíses, resolveu jogar a sua dívida. O dobro ou nada. Perdeu novamente. Nesse meio-tempo entrara no jogo um suíço. Estávamos na mesa em três quando, num lance desesperado, Achè resolveu roubar grosseiramente, deixando à vista suas manobras, talvez perturbado pela bebida. Embora não lhe tenhamos chamado a atenção, quando puxou todo o dinheiro para si recebeu uma bengalada na cabeça, aplicada por Fritz, o suíço. Achè ergueu-se, sacou do florete e quis afrontar seu agressor, que não portava uma arma de fato. Os funcionários do clube o cercaram e desarmaram. Achè ainda proferiu algumas bravatas, convidando o estranho para um duelo no dia seguinte. Cheio daquele embusteiro e incomodado pela dívida, procurei Fritz pela manhã e me ofereci para ser seu padrinho. O suíço aceitou e cantarolava alegremente enquanto se encaminhava para o bosque onde aconteceria o confronto. Quando os dois se puseram frente a frente pressenti o que ocorreria. O duelo, de pistolas, aconteceria com disparos alternados de cada um dos oponentes a dez passos de distância. O alvo poderia se deslocar caminhando rápido entre duas árvores que estavam a quatro passos uma da outra. A tranqüilidade de Fritz era total. Ele ainda ofereceu a primeira tentativa a Achè, que errou. Ofereceu uma segunda chance, quando o pobre miserável errou novamente. Chegada a vez do suíço, ele fez o primeiro disparo para o alto e com o segundo acertou Achè na cabeça. Depois guardou as pistolas e, tranqüilamente, se afastou do local. Foi a execução mais segura a que assisti. Emma estava viúva. Dois dias depois, recebi um bilhete dela. Pedia minha presença para conversarmos. Ao chegar lá, dei com Pienne, que fora padrinho de seu marido no duelo. Os dois acusaram-me de ter permitido que Achè encarasse o duelo, como se ele fosse uma criança sem vontade própria. Queriam que eu desembolsasse mil ducados. O morto havia deixado apenas dívidas e ela queria retornar para a casa da família na Renânia, e o suíço se fora da cidade; caso contrário, pretendiam me denunciar à Justiça. Fui obrigado a rir da ameaça, apesar de toda a tragédia que cercava o acontecimento. Disse-lhes que Achè era um vigarista que avaliava mal suas condições de trabalho, fora morto num duelo justo e, a rigor, eu é que perdera dinheiro. Ela me devia algum pagamento. Pienne resolveu tomar as dores da viúva e me desafiou para um duelo. Disse-lhe que não tinha a menor intenção de lhe ceder a honra de duelar comigo, mas estava preparado para qualquer ataque covarde. Ao assim falar, mostrei duas pistolas que carregava sob a casaca. Após esse confronto, saí. Mas estava numa cidade estranha e não era saudável manter um inimigo solto. Eu conhecera no jogo um militar chamado Militerni, sempre com dívidas. Ele tinha contatos fortes com o comando militar de Aix. Ofereci-lhe cem escudos para que Pienne fosse convidado a sair da cidade. Em vinte e quatro horas foi intimado a se retirar. Respirei aliviado e voltei a minha vidinha de prazeres. Mas, dois dias depois, recebi bilhete, agora da filha de Achè. A menina me informava que a mãe adoecera diante das más condições em que se encontrava e rogava por minha presença. Quando cheguei à casa fui recebido pela bela menina, que me levou até o quarto no qual a viúva, de formosura superior à da filha, jazia no leito. Perdera um pouco da altivez e me rogou ajudá-las a viajar até a Renânia, onde sua família possuía muitas posses e poderiam ficar bem. Assegurei-lhe que sim, eu custearia as despesas da viagem, mas antes desejava falar-lhe. Pedi à menina que nos deixasse um pouco a sós. Quando a porta se fechou, tranquei-a por dentro e me sentei na beirada da cama. Os olhos de Emma cresceram diante de minha presença tão próxima. Disse-lhe que todo o interesse que me mantinha ali era o enorme enlevo que sua beleza me proporcionava, depois arranquei as cobertas que mantinha até a altura do colo. Deu um gritinho que era tanto de surpresa e oposição quanto de prazer. Vestia uma camisola de renda e seus mamilos pulsavam túmidos sob o tecido. Enfiei a mão entre suas formosas coxas e alcancei o seu vértice. Gemeu novamente e fechou os olhos. Mergulhei minha cabeça entre suas pernas e fui me desfazendo das roupas. Soube depois que Carol, a filha, ficara ouvindo nossos ruídos amorosos junto à porta.

Marido morto, amante posto

Ao sair, deixei quinhentos luíses para que pagasse as contas mais urgentes. Não devia ver tanto dinheiro há muito tempo, tendo sido casada com um pequeno nobre decadente como Achè. Marquei nossa partida para a semana seguinte, para me dar tempo de usufruir do largo investimento que eu fazia naquela família desamparada. A menina se interessava por mim, estava estampado em seu rosto cada vez que me via. Mas eu sabia que ia enfrentar feroz resistência de Emma. Estava preparado. Mudei-me com minhas bagagens para a casa da viúva. Inicialmente, ela colocou-se contra, argumentando que a pequena comunidade falaria mal dela, mas cedeu diante de meus argumentos de que, dentro de poucos dias, abandonaria definitivamente a companhia dela. Enchi a despensa da casa com os melhores produtos alimentícios e com as melhores marcas de vinho. As bebidas alcoólicas são, em toda a história, grandes auxiliares na diluição da resistência feminina à sedução. Após o segundo dia de pequenos banquetes íntimos, regados pelo melhor vinho, reduzi o horário de adormecimento de minha viúva amante. Antes das dez horas da noite Emma estava entregue ao sono profundo, deixando a bela Carol aos meus cuidados. Ela estava de sobreaviso e não desejava entregar-me sua virgindade, que guardaria para um futuro marido. Disse-lhe que nem a mim interessava destituir-lhe desse valor tão desejado pela raça dos noivos, mas o prazer vivia em toda a nossa pele e uma estada comigo a tornaria uma moça prendada nas lides do amor. Se, no fundo do peito, não me desejasse, certamente não acabaria por permitir que a tocasse como o fiz. Estava trêmula de medo, consciente de que se eu quisesse avançaria sobre seus tesouros e ela nada poderia fazer. Mas cumpri o prometido e me lambuzei em sua carne sem deflorá-la. O pecado foi que dormimos nus. Emma acordou quando os galos davam seus primeiros gritos e foi ao quarto de hóspedes, encontrando-nos. Possessa, não nos acordou, mas buscou a pistola do falecido. Fui salvo por sua imperícia, embora tenha chamuscado meus cabelos. Conduzi-a nos braços, à força, de volta para seu quarto e a acalmei com beijos nos lugares certos. Gemeu e entregou-se. Estava apaixonada. Na semana seguinte, embarcamos para a Renânia.

Oh, pelo amor de Deus!

Estudemos a natureza dos pecados, padre. Afinal, onde diz que devemos evitar o quê? Sim, as regras oficiais, digamos assim. Seriam os sete pecados capitais, e entre eles a bela luxúria, palavra tão chiada? Bem, mas quero confessar a sedução que exerci sobre uma teóloga. Bela mulher que se dedicava a estudar a religião e a relação da humanidade com Deus! Chamava-se Hedvig. Conheci-a em Genebra, em minha segunda estada por lá. Anteriormente havia tido uma relação maravilhosa com duas de suas primas. Passamos muitas tardes na cama, os três. Nesta segunda oportunidade, as duas, Elena e Gilse, me apresentaram à prima teóloga, que retornara de estudos no exterior, apesar de muito jovem ainda. Preveniram-me não ser liberal como elas e que seguia os ensinamentos dos evangelhos. O desafio me encantou. Aluguei um belo coche de seis lugares, inteiramente fechado, que nos permitiria qualquer intimidade, mesmo em viagem, e as convidei para uma refeição na floresta. Mandei preparar um belo farnel com vinho, bolos, carnes assadas e licores e contratei um cocheiro que lá nos deixaria, se afastando o suficiente para que o coche não fosse visto, proporcionando a liberdade que desejávamos. Escolhi uma área que havia pesquisado com antecedência, dentro da propriedade de um duque que eu conhecia. Tinha a certeza de que lá ninguém nos incomodaria. Minha experiência demonstrara que os primeiros momentos de uma sedução são mais facilmente aceitos à luz do dia, que parece nos proteger, ao contrário do que se divulga. Chegando lá, sugeri que elas desnudassem os pés e fôssemos refrescar-nos num riacho próximo. Gilse e Elena apressaram-se em despir sapatos e meias, mas Hedvig relutou, argumentando que aguardaria os acontecimentos. Sentamos no gramado perto da água e me ofereci para lavar os pés de minhas convidadas. Era uma forma de iniciar os carinhos do dia. A teóloga apenas olhava nossas ações com curiosidade e julgo que, também, com inveja. Disse-lhe que Jesus lavara os pés de seus discípulos, demonstrando sua humildade. Ela retorquiu que não confundisse lubricidade com humildade, e eu imediatamente recomendei que não olhasse para cada ato com o preconceito da dualidade corpo e alma. Atingi sua curiosidade com esse argumento e Hedvig pediu que eu me explicasse melhor. Ora, para os religiosos tudo o que diz respeito à carne é pecaminoso, mas essa premissa não está colocada nas palavras de Jesus de Nazaré, eu disse. Todo horror ao corpo e ao que é prazeroso no amor está no Velho Testamento, que foi agregado ao evangelho cristão após a morte de Jesus, continuei. Em nenhum momento o texto cristão separa o prazer da carne do gozo do espírito, portanto, nada indica que Cristo não tenha extraído prazer físico ao lavar os pés de seus discípulos, completei. Hedvig respirou fundo, como se quisesse dizer alguma coisa que lhe faltava. Durante a instauração do poder católico, continuei dizendo sem lhe dar trégua, Santo Agostinho tratou de demonizar o prazer físico, por problemas pessoais, mas que nada comprovam... Senti que a teóloga estava sem ar e a deixei respirar. As outras riam dela, disfarçando a satisfação que sentiam. Certamente, ela já lhes pregara bons sermões moralistas. Voltamos para o campo e nos sentamos nas toalhas em frente ao pequeno banquete. Abri uma garrafa de borgonha e servi as taças. Hedvig voltou ao assunto querendo dar como certa, para Deus, a correspondência entre amor carnal e procriação. Respondi-lhe que, ao contrário, Adão e Eva só reproduziram depois de expulsos do paraíso. A procriação é uma maldição de Deus contra o pecado original. O primeiro casal vivia com os prazeres do amor, num jardim maravilhoso. Eva resolveu provar do fruto do conhecimento e pôs tudo a perder. Deus disse: "Ide, procriai e multiplicai-vos." Foi como se dissesse: "Ide e vereis o horror de se reproduzir a cada momento de prazer!" Hedvig novamente ficou sem palavras, mas admitiu que meu pensamento era deveras original. Aproveitei que ela estava sentada perto de mim e agarrei seu pé, retirei seu sapato e sua meia, depois iniciei uma massagem em seus dedos. Vi, claramente, que ela buscava argumentos para derrotar os meus, mas não os encontrava. Estava quente e sugeri que tirássemos nossas roupas e fôssemos para o banho. Gilse e Elena não esperaram um segundo convite e começaram a se despir. Enquanto tirava minha camisa continuei minha prédica: na vergonha de nossos corpos é que reside o pecado. As crianças e os loucos não se importam de andar nus. Mas as roupas servem mais para separar os homens do que para uni-los. Os trajes diferenciam os nobres da plebe! Agarrei a mão de Hedvig e a ergui. Eu estava sem a camisa, mas ainda com as calças. Enchi as taças e brindamos. A teóloga estava um pouco mais livre de seus preconceitos. Puxei Gilse para perto de mim e a beijei, suavemente, então baixei minhas calças e mostrei meu bastão ereto. Hedvig ruborizou, mas não afastou os olhos. "Isso é a presença de Deus!", falei. Gilse agarrou o bastão, sorrindo. Elena, também despida, me abraçou pelo outro lado. Comecei a desfazer o cordame do vestido de Hedvig. Ela não reagiu, apenas voltou os olhos para o céu e disse: "Ó, Deus, inspirai-me para não pecar." Logo estávamos todos nus. Caminhamos para o rio e fomos entrando na água fria. A carne branca das três primas me deixou em estado de graça. Fui bolinando uma e outra, beijando e beliscando suas nádegas macias. Depois saí e apanhei toalhas que trouxera. Sequei cada uma das belas moças enquanto as enchia de carinhos e beijos. Hedvig também se entregou, embora com menos efusão que as demais. Deitamos sobre panos, nas sombras manchadas de luz, entre as árvores, e atendi a cada uma delas sob os olhares das demais durante o correr da tarde. Vestimo-nos quando a luz pálida do sol descoloria o horizonte, depois do bosque. Hedvig relaxara inteiramente. Perdera a virgindade no paraíso, sem ser tentada por nenhuma serpente... Eu, pelo menos, nunca me considerei um réptil argumentador!

O CASTELO DAS PAIXÕES INÚTEIS

Embora eu não creia no demônio, há momentos em que ele parece estar à espreita para nos emboscar, padre. Isso aconteceu comigo em Milão, há alguns anos. Eu já era um homem de 40 anos e a luta pela renda, no caso de aventureiros, é cada dia mais dura. Cheguei a Milão, como disse, sem dinheiro, aguardando um pagamento que me seria feito naquele mês. Hospedei-me na mesma estalagem que costumava freqüentar, quando encontrei, no restaurante, o conde D'Ângelo. Não o via há muitos anos, mas ele festejou o encontro me abraçando efusivamente. Após a conversa inicial, almoçamos juntos, então ele me fez um estranho convite. Sabia de minha habilidade com os naipes e propôs minha inclusão numa roda de jogo em seu castelo. Haveria a presença do arcebispo de Mântua, que costumava jogar a renda das paróquias por ele controladas. Era uma excelente oportunidade para levantar alguns milhares de libras de ouro. Minha participação seria importante, segundo o conde, para dividir ganhadores. Todos os anos era D'Ângelo quem arrecadava tudo, tornando a coisa com aparência estranha. Como o arcebispo era péssimo jogador e perdia muito, a proposta do conde era dividir o que conseguíssemos arrancar do clero. Não deixava de ser uma tramóia, mas àquela altura eu não estava em condições de dizer não a qualquer possibilidade de levantar recursos. Confessei a D'Ângelo que não tinha verba para as apostas, mas ele prometeu me emprestar o capital necessário para sentar à mesa de jogo. Na manhã seguinte, o coche do conde me apanhou pela manhã e percorri cinqüenta milhas até o espantoso castelo no qual se daria o encontro. D'Ângelo fora muito poderoso, mas experimentava a decadência e era obrigado a cultivar esse tipo de evento em busca de recursos. Apesar de suntuosa, via-se que faltava manutenção à bela construção de dois séculos. O arcebispo ainda não chegara, mas fui agradavelmente surpreendido pela jovem cunhada de D'Ângelo, que deveria ter uns 20 anos e era tão tímida quanto linda. Chamava-se Lisbeth e o conde me apresentou como Casanova, o Senhor de Seingalt, honrando-me com a titularidade por mim mesmo criada, mas fez a ressalva algo irônica de complementar com a observação: nobre e perigoso.

Ela quis saber, sorrindo, que perigo eu representava. Eu também sorri e atribuí a ameaça sugerida pelo conde à destreza no carteado. Fui encaminhado a um excelente quarto de hóspedes e, após vestir-me com o rigor que a ocasião solicitava, desci para o jantar que antecederia o jogo. Encontrei o arcebispo, que acabara de chegar, com seus paramentos soberbos, acompanhado de um jovem abade. Fui informado que o poderoso clérigo chamava-se Arnold, e seu acompanhante, Joathan. Desconfiei de algo na ligação entre os dois, e logo se confirmariam minhas suspeitas. O jovem carregava uma pequena urna que imaginei fosse o ouro para carregar nas apostas. Ele nunca se afastava dela. Arnold era homem de uns 60 anos, de postura tanto refinada quanto desprezível. Joathan era bonito e falso. Ambos se desmancharam em mesuras diante da condessa Luzina e de sua irmã, Lisbeth. O jantar foi um banquete regado a excelentes vinhos, após o qual fomos para a mesa de jogo. As mulheres sumiram de nossa vista e sentamos, os quatro, com cacifes de mil cequins cada um. Logo percebi que Joathan era um jogador refinado, com longa prática em mesas altas. Até o início da madrugada, o conde já havia perdido três mil cequins e eu fora obrigado a entregar quase metade do que me tinha sido emprestado. Percebi que o arcebispo jogava apoiado inteiramente em Joathan, fugindo de qualquer confronto. Perdeu, mas muito menos do que eu e o conde juntos. Era uma cilada armada pelo clérigo, certamente cansado de entregar, todas as temporadas, o dinheiro das paróquias para D'Ângelo. Fechamos a noite no meio da madrugada, perdendo uns cinco mil cequins. Eu não estava em condições de sofrer tal desastre. Pela manhã, bati na porta da alcova do conde e lhe expus minha visão do que ocorria. Ele concordou comigo, mas insistiu que deveríamos continuar tentando a melhora da sorte. Eu não quis decepcioná-lo, mas estou convencido de que existem jogadores muito acima da média, e Joathan me parecia um deles. Sentamos todos para o desjejum. Lisbeth, especialmente linda, encantou-me, e pude ver que também ao nosso carrasco dos naipes. Vi mais, que o arcebispo se incomodara com os sorrisos e olhares trocados entre ela e Joathan. Pude concluir com alguma certeza que nossos adversários eram amantes. Foi o momento em que o diabo piscou para mim. Era possível desestabilizar a dupla usando a cartada do ciúme. Fiquei imaginando até que ponto o conde aprovaria a minha estratégia em misturar amor e jogo. Pedi licença e saí da mesa. Visitei o quarto do arcebispo e confirmei minhas suspeitas: a cama do abade estava arrumada e o dossel tinha os lençóis revirados que os amantes proporcionam. Após o almoço, voltamos para a mesa de jogo. O cenário do dia anterior se repetiu para pior: eu e o conde perdemos quase dez mil cequins. Havia ainda a sessão da noite e o dia seguinte. Era preciso agir com presteza. Fui ao quarto de Lisbeth e lhe expus as dificuldades do conde, o que não era difícil de verificar. Depois, sem muitos rodeios, solicitei que mostrasse interesse por Joathan, visando desestabilizar os parceiros. Como pensei, ela se ofendeu. Quem eu imaginava que ela era? Uma cortesã que trabalha no submundo do carteado a serviço de malfeitores? Disse-lhe que todos nós temos nossos dias de vilão, quando fazemos parte de uma situação aflitiva. Ela não só não se convenceu como deixou rolar uma lágrima de insatisfação diante do que se apresentava. Saquei o lenço e sequei sua lágrima. Disse-lhe que, afinal, eu não estava pedindo que o chamasse para seu leito, mas apenas que lhe insinuasse intenções. Agarrei suas mãos e beijei seus dedos. Supliquei que pensasse em sua irmã e na origem mesquinha do dinheiro do arcebispo. Afinal, não estaríamos lesando ninguém que já não estivesse malversando recursos de sua paróquia. Ela quis saber o que faria quando o abade avançasse sobre ela após as suas artimanhas. Aproximei-me e tentei beijá-la. Afastou-se, protestando contra meu avanço, rubra de vergonha. "Apenas isso", disse-lhe, "proteste!". Sorri e ela também sorriu. Concluí que o acordo estava feito, mas ela quis ainda saber como uma mulher se insinua, normalmente, para um homem. Fingi acreditar que ela não soubesse e sugeri que olhasse para ele fixamente, e quando ele respondesse ao olhar baixasse os olhos. Acrescentei que era melhor não fazê-lo na frente do arcebispo, ou pelo menos evitando que ele notasse. Durante o jantar fiquei observando o desempenho de Lisbeth. Ela percebera bem minha intenção. Joathan estava perturbado quando levantamos da mesa. Foi para o jogo inebriado pelas possibilidades amorosas e seu desempenho já caiu consideravelmente, mas era preciso um golpe de misericórdia. Ao levantarmos da mesa, nosso balanço de perda havia quase empatado. Fui para o meu quarto e quando todos os candelabros se apagaram caminhei até a porta do quarto de nossos adversários. Acompanhei a discussão de ouvido colado à porta. As desavenças se estenderam por quase uma hora. O arcebispo criticava a desatenção do parceiro, e quando quis intimidade com o abade, chamando-o de "diabinho malvado", foi rechaçado por um improvável mal-estar. Dali, rumei para o quarto de Lisbeth, que, como eu havia proposto, deveria permanecer com a porta destrancada, para podermos conspirar sobre a manhã seguinte. Ela estava linda, com os longos cabelos soltos, vestida numa camisola que deixava entrever suas formas suaves. Cumprimentei-a pelo desempenho no jantar e acrescentei, sem conseguir controlar meu vicioso hábito, que eu ficara tomado de ciúmes. Ela sorriu e perguntou por que razão tivera tal sentimento por alguém com quem não mantinha relações amorosas. Respondi-lhe que, se não tinha ainda tais relações com ela, não me faltava a vontade e avancei para beijá-la. Dessa vez não recusou meu carinho. Abri sua camisola e acariciei seu colo. Suspirou dizendo que sua pureza estava indo por água abaixo. Respondi-lhe que quando se trocava a virtude pelo prazer verdadeiro nada se perdia, pelo contrário. Logo me despi e acomodei-me ao seu lado.

A RUPTURA PROVEITOSA

Antes de deixar Lisbeth, na manhã seguinte, fiz com que escrevesse um bilhete para Joathan, convidando-o a visitá-la na noite de sábado. Também a instruí sobre o que dizer se o abade realmente chegasse ao seu quarto. Apanhei o bilhete e o coloquei num envelope. Controlei os movimentos no quarto do arcebispo e num momento em que tive certeza de que estava só coloquei a mensagem sob a porta. Qualquer resultado seria positivo, uma vez que Arnold não podia revelar aos demais sua relação com o abade. A explosão veio antes do almoço, quando o arcebispo se recusou a sair do quarto e o abade levou-lhe um prato e uma taça de vinho. Havia um acordo implícito que jogaríamos durante todo o final de semana, duas rodadas por dia. O valor do cacife também era combinado. Não havia como fugir. Os dois chegaram à mesa em claro desacordo e isso se refletiu inteiramente no jogo. Nós passamos a vencer. Até hoje não sei o que ocorreu entre eles. Não sei se o arcebispo mostrou o bilhete ao abade. Creio que não. Ele temia perder o amante, mas certamente infernizou a vida de Joathan. A dupla foi ladeira abaixo naquela noite, e na manhã seguinte Arnold informou que eles iriam embora. Antes que o conde o recriminasse por quebrar uma regra moral, o arcebispo nos indenizou em vinte mil libras de ouro. Menos do que D'Ângelo pretendia lhe arrancar, mas bem melhor do que o prejuízo da derrota que se anunciava. Recebi metade da indenização e ainda permaneci no castelo até a manhã de segunda-feira. Lisbeth estava apaixonada e chorou muito com minha partida. O conde elaborou diversas teorias sobre o acontecido. Acabou por adotar a explicação de que o abade frustrara as expectativas do arcebispo, enfurecendo-o. Preferi deixá-lo com uma ilusão.

Azares de Espanha

A bem da verdade, devo admitir que minha ida até a Península Ibérica teve o caráter de fuga. Eram muitos os inimigos espalhados por vários países que desejavam a minha liquidação física. Invejosos, mal-amados, rancorosos, enfim, era necessário sair um pouco de circulação. Cheguei à Espanha com algum dinheiro e a esperança de, talvez, vender ao rei a minha idéia de loteria imperial. Logo que conversei com o conde Arturo, em Madri, me desencantei do projeto. Fiquei a par da relação quase doentia que os espanhóis têm com a Igreja Católica, tradicional inimiga da jogatina, uma vez que ela detém o poder de jogar seus crentes no céu ou no inferno. Mas, já que estava ali, e tinha algum dinheiro, resolvi me divertir por alguns meses. Os espanhóis são obcecados pela honra e tudo para eles deve parecer muito sério. Tomei muito cuidado ao abordar as mulheres. Qualquer deslize poderia me custar a cabeça. Caminhando pelas ruas, despreocupado com o rumo, acabei entrando num baile no qual se praticava a dança chamada fandango. A mais sensual e próxima do ato amoroso que se possa imaginar. Saí dali disposto a tornar-me um dançarino refinado daquela forma de bailar. No dia seguinte, mediante um dobrão, consegui um professor e em algumas horas era um exímio praticante do fandango. Necessitava de uma dama para praticar. As mulheres, muito sérias e trajando negro, não deixavam nenhuma brecha para abordagem. Acabei por seguir uma moça simples, que saíra de uma igreja. Vi onde morava e, e observando os movimentos da casa, consegui perceber que ela era filha do casal. Ele era um sapateiro. Bati na porta e me apresentei como Casanova, Senhor de Seingalt. Argumentei que vira sua filha na rua e a percebera como a dama perfeita para me acompanhar ao baile. Comprometi-me a trazê-la para casa logo que a dança terminasse. Vi que os olhos da moça faiscavam de desejo de acompanhar-me. Apesar da estranheza da proposta, feita por um estrangeiro, o pai permitiu, desde que a mãe nos acompanhasse, aguardando na carruagem. Bem, chamava-se doña Ignácia a bela que escolhi e bailava lindamente. Encantou-se por encontrar um estrangeiro que dominava o fandango e a noite foi um sucesso. Convenci-a a encontrar-me na igreja no dia seguinte. Sabia que era o único lugar ao qual a deixariam ir sem acompanhamento severo. Conversamos ajoelhados e após um interrogatório serrado armamos um encontro em minha estalagem. Ela iria com uma prima, com uma desculpa que envolvia seus parentes e as mentiras usuais nesses casos. Recebia-as no quarto. A prima se parecia com um homem, não que fosse feia ou bruta, mas tinha certa dureza de macho nos movimentos. Encomendei um excelente vinho e as duas mergulharam nos vapores libertinos do álcool, sem a devida experiência. A prima, chamada Mercedes, vomitou queijo e bebida num recipiente que eu reservara para esse fim. Despi Ignácia e a fiz conhecer o amor de um homem experiente, sem contudo desfazer sua cara de virgindade. Fiz com que se banhassem e voltaram para casa, após a maior aventura de suas vidas.

O CONDE DE ARANDA
SE INSINUA...

Minha estada talvez fosse breve na Espanha e limitada à experiência com o fandango, se não me houvessem apresentado ao conde de Aranda, um dos homens mais poderosos do país. Talvez mais poderoso do que o rei. Mas para que isso pudesse ocorrer, meu novo amigo Gabo, conhecedor das artimanhas da aristocracia espanhola, me advertiu: "É importante que tenhas uma boa razão para visitar o país, pois o conde não confia em pessoas que viajam por viajar." Essa conversa ocorreu alguns dias antes de meu encontro com Aranda. Prometi pensar em alguma coisa e esqueci o assunto. Gabo, um aventureiro como eu, conhecedor de meu passado, estava certo de que algum negócio faríamos com o grande homem, se ele simpatizasse comigo. No dia do encontro, em seu palácio mouro, de colunas douradas e torneadas, vi-me frente ao conde e, de repente, lembrei-me da advertência de Gabo. Nossa caminhada em direção à mesa de Aranda foi um martírio, porque eu tentava, em desespero, pensar numa razão convincente para estar ali. Claro está, não podia confessar que fugia de inimigos. Era como o percurso do cadafalso, até que em frente ao velho poderoso, quando este se dirigiu a mim perguntando qual o motivo de minha viagem à Espanha, tive a luz. Lembrei-me de Ignácia. O amor me conduzia, respondi. Uma dama dessa terra forte conquistara meu coração. O homem sorriu. Gabo sorriu. Eu sorri. Minhas credenciais falsas e verdadeiras impressionaram o duque. Expus imediatamente algumas possibilidades de negócios. Alguns deles não poderiam ter caráter oficial, como o jogo, por exemplo, e outros, bem mais sociais, propunham a divulgação da Espanha em toda a Europa. Marcamos um novo encontro para dali a uma semana. Na despedida, o conde me comunicou que nos receberia para jantar e que eu não deixasse de trazer a dama que conquistara meu coração. Voltando para casa, Gabo colocou em dúvida a praticidade de minha idéia, questionando se a filha de um sapateiro poderia ser apresentada como a amada do Senhor de Seingalt. Pedi que ele me desse tempo para pensar em alguma saída para o problema. É claro que eu poderia contratar uma cortesã refinada para apresentar ao conde, mas a idéia de elevar uma moça simples à condição de nobre encantava meu espírito aventureiro. Fui ao encontro de Ignácia e a chamei para confabular na igreja. Lá, ajoelhados, expliquei-lhe o que se passava. Para qualquer espanhol, Aranda está pouco abaixo de Deus. Ignácia não se intimidou com a idéia, mas argumentou que não tinha traje para uma recepção desse porte. Expliquei-lhe que isso era o de menos. Eu a faria parecer uma rainha. Ainda opôs resistência a família, para quem sua saída em noite de gala deveria ser apenas com aquele que a levaria ao altar. Fui sincero: disse-lhe que de modo algum pretendia casar-me com ela ou com quem quer que fosse, mas poderia noivar. Antes que ela se opusesse a um falso noivado, que a transformaria numa mulher abandonada no momento em que eu me fosse, argumentei que a deixaria com tal prestígio que não lhe faltariam homens na Espanha dispostos a lhe estender a mão. Aceitou minhas justificativas. Eu era como um príncipe encantado, desde o momento em que a segui na porta da igreja.

Um dia de princesa

Levei-a à melhor costureira de Madri. Uma bela mulher vestida como uma princesa torna-se, de fato, uma princesa. Fizemos também um curso prático de modos à mesa, treinando num dos melhores restaurantes da cidade. Ela era inteligente e não teve problemas de adaptação. Finalmente, pedi-a em casamento para sua família. O sapateiro Juarez e a lavadeira Carmem aceitaram uma realidade que lhes parecia tão fantástica quanto incontrolável. Apanhei-a numa carruagem alugada na melhor loja de Madri. Eu mesmo estava esplêndido em minha casaca de veludo azul. A visão do palácio deslumbrou minha noiva. Falei ao seu ouvido que deveria portar-se como se nunca houvesse estado em outro ambiente. Gabo também estava muito elegante, mas foi só. O conde fez uma reverência para Ignácia e elogiou sua beleza. Sentamos à mesa e os vinhos começaram a chegar. Avisei que ela não deveria passar da primeira taça, para não perder o controle. Essa quantidade ajudaria a acalmá-la, sem contudo ameaçar seu desempenho. Um dos amigos nobres de Gabo quis saber onde eu arranjara jovem tão bela que era desconhecida na sociedade madrilenha. Meu amigo sorriu e lhe disse que Casanova surpreendia. O conde pediu aos vinte convidados, seleção da nata da aristocracia do país, um brinde ao casal Seingalt, antevendo para breve a abertura da Casa de Jogos Aranda, dirigida pelo senhor Casanova e reservada a apenas um pequeno círculo de amigos privilegiados. Fui pego de surpresa por notícia tão grata. Ergui-me e agradeci ao conde e aos amigos a oportunidade de trazer o que de melhor havia na Europa em termos de diversão para o seleto público espanhol.

A RODA DA FORTUNA

Em tempo recorde, apenas um mês, ficou pronto o salão de jogos do conde Aranda. Foi reformado um antigo castelo afastado da cidade e passou a funcionar como hospedaria de luxo e casa de jogos. Ora, semelhante lugar tornou-se um atrativo forte para cortesãs. Quem joga normalmente também gosta dos prazeres da alcova. Logo pude identificar madame Niña, uma cafetina conhecida da corte, fazendo negócios por lá. Levava suas meninas para que assanhassem os jogadores, oferecendo-se para uma fugidinha até os quartos de aluguel. Chamei-a para uma conversa e a informei que nada tinha contra a sua atividade, que julgava inclusive um serviço proveitoso para nossos clientes, mas a casa desejava uma parte do lucro, uma vez que éramos nós que possibilitávamos os seus ganhos. Niña enfureceu-se. Chamou-me de explorador de mulheres. Disse-lhe que essa era a designação apropriada para o que ela fazia. Ameaçou queixar-se para Aranda. Pedi que o fizesse, por favor. Veria como ele ia me dar razão. Voltou-me as costas e sumiu. Avisei à hospedaria que só deixasse as cortesãs subirem com um pagamento extra de dez dobrões por hora.

 Naquela mesma noite uma bela mulher me procurou. Chamava-se Tiriana e era de origem árabe. Sua cor dourada e seu olhar me fizeram queimar de desejo. Informou que Niña a colocara à minha disposição. Eu tinha uma alcova no castelo. Ignácia me visitava e fazíamos amor, mas eu não podia penetrá-la para que não perdesse sua moeda de troca num futuro casamento. Levei Tiriana para minha cama e praticamos todas as delícias durante três horas. Ao final, perguntei-lhe quanto devia. Respondeu-me que era uma cortesia de sua patroa. Pedi que transmitisse meus agradecimentos, mas que não esperasse minha condescendência com seus negócios. Eu queria a parte da casa.

 Niña voltou no dia seguinte e repetiu as ameaças. Lembrou-me que eu era um estrangeiro na Espanha e que poderia aparecer morto a qualquer momento. Os assassinos trabalhavam por *niñeria* quando era ela quem solicitava. Fiz com que ela enxergasse que eu não podia ser intimidado por esse tipo de pressão, no cargo que ocupava. Quem lida com jogo não pode temer ameaças e deve estar sempre preparado para se defender. Ela novamente voltou-me as costas. Eu passava os olhos pelas mesas de carteado quando fui chamado à recepção. Um certo conde

D'Albuquerque, nobre português, reclamava da taxa extra que queriam lhe cobrar para subir com uma cortesã. Quando vim, sua presença exaltou-se. A moça com quem estava, segundo ele, era sua noiva. Chamei o funcionário da portaria e lhe perguntei se ele conhecia a acompanhante. Garantiu-me que era uma cortesã conhecida entre as que trabalhavam com madame Niña. Voltei ao conde e lhe disse que a sua acompanhante até podia ser sua noiva, mas, de que era cortesã, não restava dúvida. O nobre deu dois passos para trás e sacou da espada, exigindo que eu me desculpasse com a menina. Pedi que se acalmasse e perguntei a ela se trabalhava como cortesã. Admitiu que sim, mas acrescentou que o conde a pedira em casamento no dia anterior. Fiz uma reverência. Pedi desculpas e ofereci uma pousada para o casal na hospedagem como cortesia. Desejei-lhes felicidades e o cumprimentei pela beleza da moça que escolhera. Nos dias seguintes, minha batalha foi ganha e as meninas de Niña começaram a pagar o frete extra. Todo dia eu embolsava pelo menos cem dobrões em taxas de ocupação.

A CILADA

Tudo ia bem demais. Eu tinha um percentual de tudo que era jogado e estava fazendo minha independência quando fui novamente procurado por Niña. Senti que viera para me derrubar, quando começou a dizer que o conde Aranda não suportava ser feito de tolo. Acrescentou que ninguém acreditaria que o senhor Casanova houvesse se apaixonado pela filha de um sapateiro. Ela havia pesquisado a origem de Ignácia. A situação era ruim. Se eu cedesse a ela, estaria perdido. Olhei bem em seus olhos e lhe disse que se tomasse qualquer medida contra mim eu a destruiria. Ela ficou alguns instantes resistindo ao meu olhar, depois agiu como sempre, voltando-me as costas rudemente. Naquela noite, Ignácia veio ao castelo e, entre beijos em minha alcova, contei-lhe sobre nossos problemas. Ela me jurou fidelidade e juntou seu destino ao meu. Afirmei-lhe que não era uma boa idéia, mas ela não me ouviu. No dia seguinte recebi o recado do conde Aranda. Ele queria me ver. Imaginei o que me aguardava. Eu tinha razão em temer. O conde era obcecado pela idéia de não ser enganado, talvez em razão de alguma infidelidade amorosa. Sem rodeios, contou que lhe haviam informado sobre uma farsa por mim orquestrada, inventando uma origem nobre para minha noiva. Completou dizendo que nem podia ter certeza de que Ignácia fosse de fato minha noiva. Interrompi suas lástimas dizendo que eu também havia sido enganado, e Ignácia fora vítima de um embusteiro que a vendera a mim como nobre. Eu buscava o momento certo para poder dividir com ele a minha angústia. Meus nobres ancestrais, observando-me de um passado glorioso, não tolerariam semelhante miscigenação. Acrescentei que se o conde me desse tempo, eu poderia remediar aquela situação, encontrando uma dama digna de minha descendência. Essa argumentação, um tanto absurda, reduziu a fúria de Aranda. Mas, mesmo assim, ele me deu uma semana para encontrar um substituto e sumir para sempre de terras espanholas. Eu estava autorizado a sacar cem mil dobrões em ouro como indenização. Eu ia argumentar, tentando reverter a medida, mas desisti. A pequena fortuna oferecida permitiria que eu não precisasse pensar em dinheiro por pelo menos uns dois anos, vivendo como um nobre em férias, que aliás é a condição natural da nobreza. Mas havia duas questões a resolver. Primeiro, acomodar Ignácia de alguma maneira; depois, vingar-me de Niña. Resolvi atacar a segunda pendência em primeiro lugar. Chamei as cortesãs que trabalhavam na casa de jogo, num momento em que a cafetina ainda não havia chegado de seu château. Conhecia seus perfis e sabia que Tiriana era a mediadora entre Niña e as meninas. Uma espécie de administradora. Informei-as de que, por decisão do conde, deveria ser trocada a supervisão dos serviços. Niña estava proibida de entrar na casa ou mesmo de se aproximar do castelo num raio de uma milha. Em seguida, nomeei Tiriana a nova representante das cortesãs. Avisei ainda que a taxa de utilização caíra, a partir daquele dia, desde que Niña não fosse vista por perto. Estendi aos guardas da casa a ordem de proibição da entrada da cafetina. Naquele mesmo dia ouvi seus gritos na portaria, quando foi impedida de entrar. À noite encontrei Ignácia e lhe narrei nosso mau destino. Ofereci a ela dez mil dobrões para que nunca mais precisasse trabalhar e ainda atrair um noivo de sua posição social. Mas ela recusou. Estava envenenada pelo gosto da aventura e suplicou que a levasse para Paris, onde faria carreira como cortesã. Bem, argumentei que ela ainda era virgem. Ela contestou que poderíamos resolver o problema de imediato. E assim o fizemos. Durante uma semana, depois que saímos de seu país, eu a ensinei os truques da profissão e insisti para que ficasse com os dez mil dobrões. Uma cortesã bem vestida vale o dobro, expliquei-lhe. Ela pareceu entender.

Um coração feiticeiro

Então, padre, devo filosofar para dizer que mais pecamos por pressão de nossos inimigos do que, propriamente, por nossos prazeres proibidos. Talvez minha maior falta com Deus tenha se dado para me defender de um desafeto. Após uma temporada que passei na prisão de Los Chumbos, de onde fugi por muita determinação, vi-me como feiticeiro que eu não era. Fora acusado pela Inquisição por alguns livros sobre magia negra que mantinha em casa, mais como diversão do que propriamente como fonte de consulta. Após a fuga me instalei em Paris, quando fui procurado por uma bela mulher. Identificou-se como a marquesa de Alcorina. Ela soubera, por alguma voz mal informada, ser eu um notório bruxo, dominando técnicas variadas de controle sobre a vida e a morte, minha ou de quem quer que fosse. Acrescentou saber que eu possuía mais de mil anos de idade. Bem, quando alguém poderoso se apresenta convencido de tais absurdos, melhor é ver até onde as coisas vão. Corrigi a bela marquesa Sandrine de Alcorina: eu teria na época não mais do que oito séculos, afirmei. Ela emendou dizendo que eu estava com aparência muito jovem. Agradeci e confessei minha curiosidade sobre o que ela esperava de mim. Ora, o que uma bela e rica mulher pode querer de um feiticeiro? Vingança. Fora traída e roubada pelo amante, um nobre russo falido, que colecionava golpes contra aristocratas desavisadas como ela. É claro que a história estava mal contada. Havia muito mais despeito amoroso ali do que era possível imaginar. Mas, a essa altura, eu estava apaixonado por Sandrine e também interessado no que pudesse conseguir em termos de retorno financeiro. Eu saíra da cadeia e vivia quase sem recursos, numa cidade que, naqueles dias, me era quase estranha.

    Raciocinei: aos bruxos tudo é permitido e a lógica dos mortais comuns pode ser subvertida sem maiores rodeios. Avisei à marquesa que a primeira condição para que pudéssemos trabalhar com as forças do inferno era que ela se entregasse a mim com toda a liberdade que jamais tivera com homem algum. Completei minha determinação dizendo: agora. Ela não discutiu minha recomendação, apenas começou a despir-se. Creio que estava inclinada a entregar-se desde o momento em que entrara no meu quarto. Suas habilidades amorosas eram do padrão de uma boa cortesã. Suspiramos, ambos, por duas horas e depois desmaiamos, suados, por tanto exercício de prazer.

Após recuperarmos a respiração inteiramente, perguntei-lhe que tolo cavalheiro havia tido a coragem de abandonar amante tão envolvente. Com isso queria a identidade daquele de quem ela desejava vingar-se. O conde D'Arcozy era o seu desafeto. Eu não o conhecia, mas Sandrine me garantiu que era um duelista perigoso, com um cartel de vítimas riscado no campo da honra. Eu pensei que, sendo um bruxo de 800 anos, nada tinha a temer. Ela teve a gentileza de me adiantar duzentos cequins pelo trabalho, que deveria consistir, no mínimo, na liquidação de D'Arcozy. Não lhe perguntei o que mais ela esperava que pudesse acontecer ao tal homem.

Um serviço perigoso

Segundo Sandrine, o tal conde se acercara de uma viúva riquíssima e preparava um golpe para lhe extrair até o último dobrão. Munido de nome e endereço, investiguei os hábitos de meu alvo. Eu não era um assassino e muito menos um bruxo. Como daria conta da missão que me fora confiada? Contava com a sorte, que costumava me ajudar nos piores momentos. O tal D'Arcozy era um enorme russo, com talvez uns dois metros de altura, além de considerável largura de ombros. Desafiá-lo para um duelo seria suicídio. Após uma semana de aproximação, pensando em várias formas de ataque, desisti. Aquilo não era para mim. Resolvi confessar à marquesa minha verdadeira condição humana e pedir a ela que esquecesse o tal sujeito, tendo a mim como amante dedicado. Enviei um recado para ela pedindo que fosse até o meu quarto na tarde seguinte. Estava preparado para ouvir todo tipo de reprimenda, mas não admitiria que ela me humilhasse além da conta.

Quando abri a porta ela se jogou em meus braços e falou no meu ouvido: deu-me parabéns pela vitória rápida. O corpo de D'Arcozy fora retirado sem vida do rio Sena. Enquanto falava ia se despindo. Não havia marca de ação de arma, é claro que fora um ato de bruxaria, explicou Sandrine. Bestificado com minha sorte, levei a minha marquesa para a cama e me dediquei a amá-la. Ela estava eufórica e, depois do amor, falava sem parar de minha eficácia, prometendo que me conseguiria clientes certos entre seu círculo de amizades. Pedi-lhe, fervorosamente, que não fizesse isso. Eu estava querendo interromper minha carreira de feiticeiro por uma vida normal, disse-lhe. Ela me pagou mais quatrocentos cequins pelo serviço e se retirou pedindo que a procurasse na sexta-feira, quando iríamos juntos à *comèdié d'art*. Por via de uns amigos que eu possuía junto à Guarda Real consegui saber detalhes da morte de D'Arcozy. Ele fora, na verdade, estrangulado antes de ser lançado nas águas. Bem, ele era um homem violento e alguém fizera o serviço no momento certo. Despreocupei-me. Mandei fazer uma casaca para ir ao teatro e fiquei zanzando pela cidade, pensando que poderia ficar tranqüilo por pelo menos dois meses com o dinheiro que recebera. Na sexta, cheguei à mansão de Sandrine, que eu visitava pela primeira vez. Era uma rica casa de aristocrata. Fui recebido por um criado que me fez entrar num escritório. Fechou a porta e me deixou sozinho. Logo depois outra porta se abriu e a marquesa entrou. Avancei para beijá-la, mas ela afastou o rosto e me mandou sentar. Estava com a feição carregada e antevi aborrecimentos. Falou-me que antes de me procurar, por indicação de um amigo que me conhecera de Veneza, contara seu problema para um apaixonado seu. Este agora lhe relatara que havia pagado duzentos dobrões em ouro para que sicários dessem um fim em D'Arcozy. Uma dupla solução, falei, que de modo algum invalida meus esforços. Se ele não fosse assassinado, logo estaria morto. O que se alterou, com certeza, foi a causa da morte. Minha bruxaria tinha a finalidade de secar o intestino da vítima. Ele sofreria mais, eu disse sem titubear. Senti que ela estava confusa, sem saber em que acreditar, e acrescentei que consideraria um crédito para quando fosse necessária uma outra solução sobrenatural. Aquela resposta pareceu convencê-la e ela me abraçou. Beijei-a, sentindo ainda uma dúvida em seu coração. Falei-lhe. Confessou-me que o tal amigo que encaminhara o sumiço estava querendo atenções amorosas em troca. Sugeri que ela lhe concedesse todos os favores, afinal, amor nunca é demais. Ela sorriu e me disse que, infelizmente, ele não tinha a minha destreza. Eu apenas sorri, também. Fomos ao teatro e depois nos divertimos toda a noite. Num certo momento lhe perguntei, por curiosidade, quem era o tal amigo que havia dito me conhecer de Veneza. Informou que era um certo Thomaz. Fora também seu amante por um curto período, acrescentou. Ora, Thomaz era capitão do Exército e eu fui seu parceiro nas mesas de jogo de várias cidades européias. Nesse mundo muito pequeno do carteado, dentro de dois dias, localizei sua residência e o encontrei. Saímos para beber café e conversar, e logo que pude o inquiri sobre a minha indicação como bruxo. Thomaz explicou-me, rindo, que Sandrine queria vingança sobre D'Arcozy de qualquer maneira e o incomodava por isso. Quando soube por alguém que eu estava na cidade, resolveu me indicar como feiticeiro que poderia resolver a questão, afinal, todos comentavam que eu fugira da inexpugnável Los Chumbos, e lá estava acusado de bruxaria. Acrescentou que, para dar credibilidade, me descrevera como de idade milenar. Rimos muito e perguntei o que D'Arcozy fizera a Sandrine para ela odiá-lo tanto. Afinal, ela nunca me contara as suas razões com clareza. Ora, ele lhe pedira uma grande quantia emprestada e a usara para indenizar a mulher do homem que matara em duelo, mas no processo de fazer isso, acabara casando-se com a viúva de sua vítima, explicou Thomaz, e eu entendi a razão do ódio de nossa amante em comum.

O PECADO DA DECÊNCIA

A essa altura, quase ao fim de minhas confissões, padre, o senhor deve me achar um dos mais terríveis pecadores que por seu ouvido já deixaram histórias. Mas, creia, entre meus pares fui dos mais modestos. Sempre me faltaram os recursos para pecar em grande estilo, como os xeques, por exemplo, que escravizam trezentas mulheres disponíveis num harém. Há pecado maior do que ter uma mulher e dela não usufruir? Não fazê-la gemer de prazer regularmente? Sempre fui decente até demais no que diz respeito a não sacrificar o desejo em prol da ganância ou da soberba, como muitos o fazem. Sempre dei preferência ao gozo em primeiro lugar. Mas, se houve um pecado contra a decência, foi quando sonhei com a riqueza sólida dos aristocratas verdadeiros, aqueles cofres constantemente cheios de ouro que permitem ao rico comprar a pobre, até com certo desdém. Sonhei e tentei fazer deste sonho realidade. Eu estava em Paris e havia ganhado bastante dinheiro com a criação da loteria. Como em outros momentos de pujança, o natural é que eu passasse alguns meses, ou anos, me divertindo, mas não, resolvi investir na área de tecidos estampados. Aluguei uma loja grande em Le Temple, onde poderia abrigar equipe de operárias e setor comercial. Meu objetivo era vender sedas e outros tecidos estampados. Havia um público para esses produtos. Tudo ia bem e eu lutava por não me envolver com as mocinhas que trabalhavam para mim, embora algumas delas merecessem minha atenção amorosa. Para evitar as tentações, não permiti que nenhuma delas dormisse no emprego. Eu também tinha lá a minha alcova e escritório. Os negócios iam bem até a chegada de Louise, uma deliciosa jovem de 16 anos que se casaria dali a uma semana. Chegou com o pai, Gilbert, procurador do duque de Elbeuf. Ela encantou-se com a seda estampada de orquídeas e seus olhos brilhavam de emoção. Colocou o pano sobre o colo e girou o corpo divino como se dissesse: "Veja, Casanova, se não sou a essência da felicidade." Ocorre que apenas a peça inteira poderia ser adquirida, e nem ela nem o futuro esposo, que se iniciava num negócio de meias, poderiam bancar a compra de semelhante mercadoria. Senti, claramente, que a jovem noiva faria qualquer coisa para ter o vestido feito daquele pano. Sugeri que ela levasse a peça e agregasse à pequena fábrica do futuro marido. O que fosse transformado em meias e vendido, aos poucos, me remuneraria. Um péssimo negócio para mim, é claro, mas Louise pulou em meu pescoço e senti seu perfume junto a minha pele. Fui convidado para o casamento e compareci ao festim. Havia algo de ridículo nos convidados, grupo de pequenos comerciantes e artesãos, imitando trejeitos da aristocracia, por si só, ridícula. Mas nos cumprimentos, sussurrei no ouvido da agora madame Barret. Convidei-a a visitar a loja, na semana seguinte, para falarmos de futuros negócios. Ela compareceu com amostras das meias que o marido fabricava. Trancamo-nos em meu escritório e comecei a examinar os produtos. Ela levantou um pouco a saia para mostrar um modelo fabricado com a minha seda. Disse-lhe que sua coxa tornava qualquer meia perfeita. Apanhei uma das outras e pedi permissão para experimentar nela. Abaixei com todo carinho a que ela usava, desnudando sua carne. Senti sua respiração crescente. Sugeri que ela devia estar bem feliz com a recente lua-de-mel. Queixou-se. Não, o senhor Barret era excelente pessoa, muito trabalhador, mas não fora capaz de lhe tirar do estado de solteira. Duvidei que qualquer noivo tendo à disposição aquela fruta mais do que madura não a tenha aproveitado. Jurou-me que estava contando a verdade. Isso era um pecado, padre. Eu estava com as mãos sobre aquelas coxas macias, brancas e levemente marcadas por veias azuis. Tomei a liberdade de avançar meus dedos até o local que, pelo depoimento de Louise, permanecia intacto. Desesperado, de emoção sincera, afoguei meus lábios em sua cabeleira sobre a vulva. Ela era especialmente peluda, o que sempre me agradou. Suas mãozinhas agarraram minha cabeça e ela gemeu. Aguardava que alguém a tratasse como aquilo que era, uma magnífica mulher à espera do amor. Apresentei-me para a missão e pude constatar que, de fato, seu recente marido não a tocara. Seu sangue manchou meus magníficos lençóis. Ela estava apaixonada.

Negócios, negócios, amores também...

Bem, nem é preciso dizer que Louise passou a freqüentar minha alcova duas vezes por semana. As reclamações passaram a ser não apenas do desempenho amoroso do marido, mas de suas habilidades como empresário. Logo eu estava emprestando quantias cada vez maiores para que o negócio deles não naufragasse. Anos depois tento adivinhar até que ponto ela planejou isso tudo, mas não consigo imaginar que semelhante projeto pudesse ter saído daquela cabecinha gentil, até porque teria que contar com a concordância do marido. Mas de forma alguma minha derrocada econômica se deveu aos empréstimos sem devolução que fiz à empresa de Louise. Devo arriscar que minha falência se deveu a um conjunto de fatores. Entre as doze operárias que contratei, tendo o cuidado de me preocupar que tivessem boa aparência e nunca mais de 25 anos, algumas notaram a natureza de minha perdição. Viam Louise trancar-se comigo no escritório duas vezes por semana, além das visitas de mais duas amantes que eu recebia regularmente. Ora, ao verificarem a fraqueza de seu patrão, algumas delas se aproveitaram. A primeira foi Marie, que chegou atrasada e foi encaminhada a minha sala pela gerente de produção. Marie era uma doce ruivinha, e, quando eu quis saber o motivo de seu atraso, contou que o sangue lhe havia brotado no momento em que se preparava para sair de casa. Perguntei por que deveria acreditar nela e então levantou panos do vestido, mostrando-me as manchas rubras que cobriam sua intimidade. Diante de suas magníficas pernas, caí de joelhos. Ela sorriu e abrigou minha cabeça entre suas pernas. Bem, Marie contou a Adele, que também veio oferecer seus tesouros em troca de condescendência patronal. Depois veio Caroline, Joana e Eve. Então a gerente de produção se demitiu, ao ver sua autoridade solapada. Meu contador aproveitou e sumiu com todo o conteúdo do caixa do mês. E eu continuava sem resistir às belas jovens que sempre tinham uma boa razão para seus atrasos e omissões. No fim daquele mesmo ano, vendi minha participação. Mesmo o encerramento do negócio não foi tranqüilo, porque furos na contabilidade me fizeram passar alguns dias em Fort-l'Evêque, uma penitenciária de Paris.

Sobre autobiografias
e outras heranças

Recebi correspondência de Dal Primevo, meu amigo conde que tantas vezes me ajudara. A carta havia saído de Veneza quase dois meses antes e relatava o seu mau estado de saúde. Ele sabia que minha volta a Veneza era impossível devido aos problemas que eu enfrentara com a Inquisição e minha fuga de Los Chumbos, mas seu interesse em ver-me era tal que se deslocava para Aix, onde poderíamos encontrarmo-nos logo. Calculando o tempo necessário para o deslocamento, imaginei que ele deveria estar chegando a seu destino por aqueles dias. Como eu estava em Genebra, preparei-me para a viagem imediata. Encontrei-o uma semana depois. O homem, apaixonado pelos prazeres da alcova e da mesa, estava acabado. Ao olhá-lo, vi-me um pouco num futuro nem tão distante. Dal Primevo abraçou-me e uma lágrima escorreu por sua face carregada de ruge. Chamou-me de filho e apontou um pequeno baú ao lado. Mandou que eu o abrisse. Estava cheio de moedas de ouro e pequenas barras. Era o meu pagamento, afirmou, e quando lhe perguntei de quê, respondeu: "És um escritor, Casanova, e quero que escrevas minha biografia." Eu ia lhe opor a idéia de que biografias devem ser escritas pelo próprio biografado, mas pensei no ouro que me aguardava no baú. Mesmo interessado em que o negócio se realizasse, argüi que sua vida era um tema vasto e seria preciso um longo depoimento de sua parte. Disse-me que estava ali para isso e era importante começar imediatamente, pois seu corpo estava dando sinais de estar em fim de carreira. Alugamos outro quarto na hospedaria, ao lado do dele, e me acomodei para dar início aos trabalhos. Dal Primevo avaliava cada uma das decisões que incluiria na história de sua vida várias vezes, perguntando se eu achava pertinente incluir esse ou aquele fato. Quando alguma vilania se apresentava, era preciso maquiá-la até que se parecesse com um ato virtuoso, o que muitas vezes era complicado. As decisões que tomara entrelaçadas com seus interesses políticos eram, em sua maioria, destinadas a defender seu patrimônio, mas ele desejava que seus descendentes muitos séculos depois o avaliassem de forma positiva. Eu quis alertá-lo que, possivelmente, ninguém mais colocaria os olhos sobre aquela maçaroca de letras depois que as tivéssemos impressas, mas me dei conta de que tudo aquilo era apenas uma fantasia para ele. E eu era apenas o agente bem pago dessa encenação. Gastei, portanto, muitos dias, pena entre os dedos, anotando, ao lado do leito de Dal Primevo, suas lembranças retemperadas. Ele tratou de esconder seu amor pelos rapazes, principalmente por aqueles mais brutos e de origem mais humilde. Ao ler aquelas páginas, não parecia que o conde passara grande parte de sua vida entregue aos prazeres dos sentidos, homenageando a gula e a luxúria. Se estou lhe contando isso, padre, em confissão, é porque naqueles dias trabalhando como biógrafo comecei a me dar conta de como deveria ser a minha autobiografia. Passaram-se dez anos desde que Dal Primevo morreu. Duas caixas de papel preenchido com invenções de todo tipo ficaram comigo, para serem publicadas e distribuídas. O ouro do baú dava para tal excrescência. Mas pensei em como, tantas vezes, o conde foi generoso comigo. Achei que ele não merecia memória tão pouco interessante. Resolvi jogar cada página daquelas na lareira e suas falsas palavras me aqueceram durante uma noite de frio. Em lugar da publicação, promovi uma orgia. Herdei dele, também, um retrato. Coloquei sobre a mesa e o cerquei de garrafas de excelente vinho. Contratei três prostitutas e um casal de invertidos que representariam o principal prazer de Dal Primevo. Bebemos e amamos. A alta hora, brindamos ao conde.

Minhas lembranças

Diante do fim, padre, há alguns poucos anos, acudido por esse emprego que o conde de Waldstein me concedeu aqui em Aix, como bibliotecário, comecei a pensar em minha autobiografia. Caí na mesma cilada que meu amigo aristocrata há uma década: desejo deixar um registro para a posteridade. Aí estão, mescladas, várias das fraquezas humanas: a vaidade, a soberba, a indulgência. Essa última é, talvez, a mola propulsora de minhas memórias. Acho que poucos foram tão felizes na busca pelos prazeres no amor e na mesa. Não contei, padre, mas sem dúvida levei para a alcova mais de cinco centenas de mulheres escolhidas a olho e a dedo. Todas apetitosas amantes que se refestelaram em meus braços, gemeram em meu ouvido e praguejaram contra o meu afastamento, que sempre ocorreu no momento certo. Um dos grandes segredos da conquista é a hora de sair. Muitas vezes me apaixonei, amei e senti vontade de ficar ali, junto delas, mas se tivesse cedido a essa tentação estaria perdido. Há homens que nascem para provar de tudo, sem levar nada para sempre. Eu fui um desses. Fui um jogador, na mais ampla acepção que o termo pode ter, e o serei até o fim, como disse no início dessas confissões. Quem ler minha autobiografia conhecerá menos de mim do que o senhor, padre... Só quem sabe a verdade sobre Casanova são as suas orelhas e Deus, se ele de fato existir. Não se benza como se essa fosse a maior heresia que já ouviu... Eu mentiria se dissesse que tenho total crença no divino e aí estaria, de fato, pecando. Quantas virgens eu seduzi usando o nome de Deus... Não contei. O senhor lá nos céus sabe que a amo, eu dizia, e elas acreditavam. Isso, sim, era pecado, se pecado houver, padre. Não está fora de questão que o senhor esteja equivocado e sua carreira eclesiástica seja uma ilusão. Se não existir Deus, eu terei perdido seis horas aqui, me confessando, mas o senhor terá perdido toda a sua vida. Não quero assustá-lo, não há o que temer. Se Ele não existir, ninguém virá lhe avisar na hora da morte, zombando de sua estupidez. Simplesmente o senhor deixará de existir. Eu, não. Vivi entre homens e mulheres, arrancando a fortuna de uns para nutrir a voracidade de outras. As mulheres são vorazes, padre. Elas possuem a chave de nossa felicidade guardada entre as pernas e sabem disso. Ajoelhadas, recebendo-nos por trás, sabem que quem está de joelhos somos nós, gemendo e bufando. Elas sabem que naquele momento podem pedir qualquer coisa que lhe daremos de bom grado. Para encontrar mulheres comprometidas, fiquei escondido em sacristias, passei parte da noite no vão de escadas e cobri o rosto com máscaras. Aprendi como identificar uma futura amante no primeiro olhar e poucas vezes me enganei com uma mulher. Aliás, os piores enganos que cometi, morrerei sem conhecê-los. Chego ao fim desta confissão sem saber se, de fato, aludi aos meus maiores pecados, porque embora haja me arrependido de alguns atos, dificilmente eles poderiam ser classificados como pecados. Diante da maioria dos homens, cada dia de vida de Casanova devia lhe valer o fogo eterno, mas a maioria deles entregaria a alma para estar na pele de Giaccomo, padre... O que lhe digo é a verdade. Quando meus olhos se fecharem para iniciar o apodrecimento, todas as mulheres que conheceram Casanova lamentarão a perda, alguns homens cuspirão para o lado cheios de ódio e a humanidade estará livre de um predador. Finalmente, padre, antes das orações que sei que o senhor me obrigará a sussurrar, quero deixar claro que meus pecados são os de um homem que teve a coragem, a audácia e a habilidade para realizar o que a maioria gostaria de fazer. Usei batina apenas para conseguir maior aproximação das carolas, trajei farda pensando em como as mulheres adoram um uniforme e alguma autoridade sem fundamento, dilapidei pequenas fortunas para despir damas que estabelecem um preço para cada peça de roupa, menti no ouvido de futuras amantes como quem diz o que não acredita mas sabe o que dele se espera, roubei de ricos e pobres sem fazer distinção de classe, aspirei sempre à conquista do impossível, sempre coloquei a carne, único reduto do humano a que temos completo acesso, em primeiro lugar, bebi menos para avançar sobre as mulheres dos que bebem mais, fui devotado às mulheres, ao jogo, ao café e à literatura. Vivi como um filósofo, morro como um cristão.

Este livro foi composto na tipologia Scala Garamond,
em corpo 10.5/15, e impresso em papel off white 80g/m²
no Sistema Cameron da Divisão Gráfica da Distribuidora Record.